COLLECTION FOLIO

Peter Handke

Le malheur indifférent

*Traduit de l'allemand
par Anne Gaudu*

Gallimard

Titre original :
WUNSCHLOSES UNGLÜCK

© *Residenz Verlag Salzburg, 1972.*
© *Éditions Gallimard, 1975, pour la traduction française.*

La mère de l'auteur s'est tuée le 21 novembre 1971 à l'âge de cinquante et un ans. Lorsqu'il se décide, quelques semaines plus tard, à écrire sur elle, sur sa vie et son suicide, Peter Handke le fait dans le sentiment, et il le note au moment même, d'entreprendre « un travail littéraire, comme d'habitude ». À la lecture de ces pages, écrites en janvier et février 1972, nous le verrons découvrir qu'il ne s'agit justement pas d'un travail habituel. Précisément parce qu'il n'a plus cette fois « lui-même et ses problèmes » pour point de départ, il ne parvient pas à prendre la distance nécessaire à l'égard de ce qu'il veut dire. Qu'on puisse dire qu'il existe « quelque chose d'indicible » cesse de lui apparaître comme un « mauvais faux-fuyant ». Ainsi se trouve inscrite en filigrane dans les pages de cette simple histoire la question de ce que pourrait être « l'écriture véritable ».

Simple histoire en effet, histoire d'une vie déserte, où il n'a jamais été question de « devenir » qui que ce soit, mais seulement d'en rester à la timidité première. Vie à propos de quoi il n'est même pas possible de parler de résignation, puisque les exigences ou désirs auxquels il serait question de renoncer n'y ont pas même été imaginés, et que les besoins eux-mêmes n'osent s'avouer, se soupçonnent d'être « du luxe ». À trente ans, cette vie est finie. On est devenu un être neutre.

Aussi bien, jusqu'aux deux tiers du livre, l'auteur emploiera-t-il le plus souvent, pour parler de sa mère, le pronom indéfini « on ». Le « sujet » décrit reste, semblerait-il, privé d'identité. Il n'y a là personne, tel serait le constat. Rien de pathétique, rien que banale horreur. Et cependant l'inverse aussi est vrai. Par deux fois au moins le sujet manque se constituer. L'une dans l'adolescence, aux jours où le triomphe hitlérien fut vécu comme fête, rituel (apolitique) et pratique communautaire. L'autre, lorsque la mère, sur la fin de sa vie, se met à lire des livres, trop tard, les lisant « comme des histoires du passé, non comme des rêves d'avenir ». Et c'est alors que l'auteur commence à substituer le « elle » au « on » — et que le lecteur se souvient que, petite fille, elle avait, une fois, avant l'extinction, voulu apprendre — « supplié qu'on lui permette d'apprendre quelque chose ».

Peter Handke est né à Griffin, en Autriche, en 1942. Il vit actuellement en France, près de Paris. Son œuvre romanesque lui a valu le prix Büchner, l'un des prix littéraires allemands les plus importants. Il est aussi l'auteur de pièces de théâtre comme *La chevauchée sur le lac de Constance* et il a porté lui-même à l'écran *La femme gauchère*. Depuis son premier roman, *Le colporteur*, jusqu'à ses œuvres les plus récentes, en passant par des ouvrages comme *Le malheur indifférent* (Folio n° 976), *La femme gauchère* (Folio n° 1192), *La leçon de la Sainte-Victoire* (Folio Bilingue n° 18) ou *Essai sur la fatigue* (Folio n° 2811), Peter Handke a construit une œuvre qui fait de lui l'un des principaux écrivains de langue allemande d'aujourd'hui.

He not busy being born is busy dying.
                                    Bob Dylan

Dusk was falling quickly. It was just after 7 p. m., and the month was October.

                                    Patricia Highsmith
                                        A Dog's Ransom

Sous la rubrique FAITS DIVERS il y avait ceci dans un numéro du dimanche de la *Volkszeitung* de Carinthie : « Une mère de famille de A. (commune de G.), âgée de 51 ans, s'est suicidée dans la nuit de vendredi à samedi en absorbant une dose massive de somnifères. »

Voilà près de sept semaines que ma mère est morte, je voudrais me mettre au travail avant que le besoin d'écrire sur elle, qui était si fort au moment de l'enterrement, ne se transforme à nouveau en ce silence hébété qui fut ma réaction à la nouvelle du suicide. Me mettre au travail : car le besoin d'écrire quelque chose sur ma mère, s'il peut survenir parfois avec une grande violence, est en même temps si confus qu'un effort de volonté sera nécessaire pour que, suivant mon premier mouvement, je ne me contente pas de taper sans arrêt la même syllabe sur le papier. A elle seule, une telle thérapie par le geste ne m'avancerait à rien, elle ne me rendrait que plus passif et apathique. Autant vaudrait partir — et puis au cours d'un voyage, en chemin, mes rêvasseries et mes flâneries machinales me porteraient moins sur les nerfs.

Depuis quelques semaines je suis aussi plus irritable que d'habitude, le désordre, le froid, le calme font que je supporte à peine une parole, je me penche pour ramasser le moindre flocon de laine, la moindre miette de pain. Je m'étonne parfois qu'un objet que je tiens ne me soit pas depuis longtemps tombé des mains tant je perds soudain toute sensation quand je pense à ce suicide. Et malgré tout j'attends ces instants parce que l'hébétude cesse et la tête s'éclaire. C'est une épouvante et je m'y sens mieux : plus d'ennui enfin, un corps décontracté, aucun écart pénible, une fuite facile du temps.

Le pire en cet instant serait la compassion d'un autre, par un regard, ou par un mot. On détourne aussitôt les yeux ou bien on coupe la parole à l'autre ; car on a besoin du sentiment que ce qu'on éprouve est incompréhensible et ne peut se transmettre : seul aspect sous lequel l'épouvante paraît cohérente et réelle. A la première question l'ennui vous reprend, tout à nouveau perd brusquement sa raison d'être. Pourtant il m'arrive de parler aux gens du suicide de ma mère, stupidement, et je me fâche s'ils osent en dire quelque chose. Tout ce que je souhaite alors est qu'on m'offre aussitôt une diversion et le premier prétexte à chamaillerie.

Dans le dernier film de James Bond, comme on lui demande si l'adversaire qu'il vient de précipiter par-dessus la rampe de l'escalier est *mort* et qu'il répond « J'espère bien ! », je n'ai pu, par exemple, m'empêcher de rire librement. Les plaisanteries sur la maladie ou la mort ne me gênent absolument pas, je me sens même bien en les entendant.

Les moments d'effroi ne sont toujours que très brefs, sentiments d'irréalité plutôt que moments d'effroi, tout se reforme au bout de quelques instants, et si vous vous trouvez en compagnie, vous vous efforcez aussitôt de manifester à l'autre une attention particulière, comme si vous veniez d'être impoli avec lui.

Depuis que j'ai commencé à écrire, ces états me semblent d'ailleurs lointains et révolus, et c'est probablement parce que j'essaie d'en faire une description très précise. En les décrivant je commence déjà à me les rappeler comme je me rappellerais une période close de ma vie, et me les rappeler et les formuler me demande une telle concentration que les brèves rêveries des dernières semaines me sont déjà devenues étrangères. Car j'avais de ces « états » quelquefois : les représentations quotidiennes, qui ne sont après tout que les répétitions indéfiniment rabâchées de représentations *originelles* vieilles de plusieurs années et de dizaines d'années, se dissociaient soudain, la conscience faisait mal devant le grand vide qui s'y était brusquement installé.

C'est fini maintenant, je ne connais plus ces états. Quand j'écris, j'écris nécessairement sur autrefois, sur quelque chose de terminé, le temps de l'écriture du moins. Je fais un travail littéraire, comme d'habitude, extériorisé et matérialisé en une machine à souvenirs et à formulation. Et j'écris l'histoire de ma mère, d'abord parce que je crois en savoir plus sur elle et sur les circonstances de sa mort que le premier interviewer étranger venu qui pourrait vraisemblablement résoudre sans peine cet intéressant cas de suicide en interprétant les rêves selon des données religieuses, psychologiques ou sociologiques, ensuite pour moi-même car je revis quand quelque chose m'occupe, enfin parce que, tout comme cet interviewer, je voudrais rendre exemplaire cette MORT VOULUE, mais de façon différente.

Toutes ces motivations en valent d'autres, évidemment, d'autres qui ne valent pas plus pourraient les remplacer. Il y avait ainsi de brefs instants d'extrême silence et le besoin de les formuler — les mêmes prétextes à écrire que depuis toujours.

Lorsque j'arrivai pour l'enterrement, je découvris dans le porte-monnaie de ma mère un récépissé de lettre portant le numéro 432. Le vendredi soir, juste avant de rentrer à la maison et de prendre les comprimés, elle m'avait envoyé à Francfort un double de testament par lettre recommandée (mais pourquoi aussi en EXPRÈS?). Le lundi j'étais au même bureau de poste pour téléphoner. C'était deux jours et demi après sa mort, et je vis le rouleau jaune d'étiquettes de recommandés posé devant l'employé : on avait envoyé neuf autres lettres depuis, le prochain numéro était donc le 442 et la ressemblance entre cette image et le chiffre que j'avais dans la tête était telle qu'instantanément mes idées se brouillèrent et que j'eus l'impression fugitive que tout était faux. L'envie de le raconter à quelqu'un me remit tout à fait d'aplomb. C'était une bien belle journée ; de la neige ; nous avons mangé de la soupe aux quenelles de foie ; « cela commença ainsi... » ; si l'on entamait un récit de cette façon, tout aurait l'air inventé, on ne contraindrait pas le lecteur ou l'auditeur à s'engager personnellement, on ne ferait vraiment que lui proposer une histoire de pure fiction.

Cela commença donc il y a un peu plus de cinquante ans par la naissance de ma mère dans ce même village où elle est morte. Tout ce qui pouvait rapporter dans la région appartenait à l'Église ou à la noblesse terrienne ; une partie en était louée à la population qui se composait en majorité d'artisans et de petits paysans. Le dénuement général était si grand à l'époque que la petite propriété terrienne était encore très rare. On peut dire que les conditions qui régnaient étaient celles d'avant 1848, si ce n'est que le servage officiel était aboli. Mon grand-père — il vit encore et a quatre-vingt-sept ans — était charpentier et en plus cultivait avec sa femme quelques champs et quelques prairies pour lesquels il versait un fermage annuel. Il est d'origine slovène et enfant naturel, comme la plupart des petits paysans de l'époque qui, longtemps après la puberté, n'avaient pas d'argent pour se marier et pas d'endroit où loger une famille. La mère de mon grand-père était, elle, la fille d'un fermier très aisé ; chez ce fermier, qui ne voyait en lui que le « procréateur », le père de mon grand-père était placé comme domestique. Toujours est-il que mon arrière-grand-mère eut les moyens d'acheter une petite ferme grâce à ses origines.

Après des générations de domestiques privés de ressources, aux certificats de baptême incomplets, nés et morts dans des lieux étrangers, ne laissant pratiquement aucun héritage parce qu'on les couchait dans la tombe avec leur unique bien, le costume de fête, mon grand-père fut donc le premier à grandir dans un milieu où vraiment il pouvait se sentir chez lui, sans être uniquement toléré en échange d'un travail journalier.

Dans la rubrique économique d'un journal, il y a quelque temps, on pouvait lire à la défense des principes économiques du monde occidental que la propriété était de la LIBERTÉ CONCRÉTISÉE. Pour mon grand-père, le premier à posséder au moins un bien immobilier parmi une série d'hommes privés de moyens donc de pouvoirs, peut-être était-ce encore juste : la conscience de posséder quelque chose était si libératrice qu'après des générations sans volonté une volonté pouvait se former soudain : devenir encore plus libre et, à juste titre certainement dans la situation qui était celle du grand-père, cela se réduisait à : augmenter son bien.

Mais la propriété initiale était si petite que pour la conserver on avait déjà besoin de presque toute son énergie. Les petits propriétaires ambitieux n'avaient plus qu'une seule solution : l'épargne.

Donc mon grand-père épargna puis il perdit ce qu'il avait épargné dans l'inflation des années 20. Et il recommença à épargner, mais si dans ce but il amassait les économies, avant tout il réprimait ses propres besoins et attribuait à ses enfants cette absence fantôme de besoins ; en tant que femme, sa femme, de naissance, n'avait pu songer à rien d'autre de toute manière.

Il continua à épargner en attendant d'avoir à INSTALLER ses enfants lorsqu'ils se marieraient ou exerceraient un métier. Consacrer aussitôt ses épargnes à les FORMER, il aurait été presque anormal pour lui d'avoir une telle idée, surtout en ce qui concernait ses filles. Et chez les fils eux-mêmes les cauchemars séculaires des gueux qui se sentent partout à l'étranger étaient vraiment devenus une seconde nature, c'est ainsi que l'un d'eux, qui avait eu une bourse pour le lycée par hasard plus que par choix, ne supporta pas ce milieu insolite plus de quelques jours, parcourut à pied la nuit les quarante kilomètres séparant la ville de la maison de ses parents et là — c'était un samedi, jour habituel du nettoyage de la maison et de la cour —

se mit aussitôt à balayer la cour sans un mot ; le bruit qu'il faisait avec son balai dans le petit matin manifestait pour lui. Il fut ensuite un menuisier très compétent et content de l'être, paraît-il.

Il fut tué ainsi que son frère aîné au début de la Seconde Guerre mondiale. Le grand-père avait toujours continué à épargner et avait de nouveau perdu ses épargnes dans le chômage des années 30. Il épargnait, c'est-à-dire : il ne buvait pas, ne fumait pas ; jouait très peu. Le seul jeu qu'il se permettait était la partie de cartes du dimanche ; mais l'argent qu'il gagnait alors — et son jeu était si raisonnable qu'il était presque toujours le gagnant — était encore pour l'épargne, il pouvait peut-être gratter une toute petite pièce pour ses enfants. Après la guerre il recommença à épargner, et devenu rentier, il n'a jamais cessé.

Le fils survivant, un maître charpentier capable d'employer vingt ouvriers, n'a plus besoin d'épargner : il investit ; et cela veut dire qu'il *peut* boire et jouer, c'est même ce qui convient. A l'opposé de son père, silencieux sa vie durant, détaché de tout, il a au moins trouvé ainsi une sorte de langage, même s'il ne l'utilise que pour représenter en tant que conseiller municipal un petit parti oublié du monde et rêvant d'un grand avenir grâce à son grand passé.

Naître femme dans ces conditions c'est directement la mort. On peut dire cependant que c'est tranquillisant : aucune peur de l'avenir en tout cas. Les diseuses de bonne aventure des jours de kermesse ne lisaient sérieusement l'avenir que dans les mains des garçons ; lu dans les mains des filles, l'avenir n'était que de la frime. Aucune possibilité, tout prévu d'avance : de petites agaceries, un rire étouffé, une brève perte de contenance, et pour la première fois l'expression résignée et lointaine avec laquelle on s'occupait à nouveau de ménage, les premiers enfants, s'attarder un peu une fois le travail terminé à la cuisine, ne pas être entendue dès le début, peu à peu ne plus écouter soi-même, parler toute seule, puis les jambes qui flanchent, varices, plus qu'un murmure en dormant, cancer des ovaires, et la mort vient remplir les décrets de la Providence. Les degrés d'un jeu auquel les petites filles jouaient beaucoup dans la région n'étaient-ils pas : Fatigue/Épuisement/Maladie/Maladie grave/Mort ?

Ma mère était l'avant-dernière de cinq enfants. Elle fit preuve d'intelligence à l'école, les instituteurs lui donnaient les meilleures appréciations, faisaient surtout l'éloge de sa belle écriture, puis ce fut la fin des années d'école. Apprendre n'avait été qu'un jeu pour enfants, la scolarité obligatoire était accomplie, on devenait adulte, apprendre devenait inutile. A la maison, les filles s'habituaient à leur future vie domestique.

Aucune angoisse à part l'angoisse viscérale dans le noir et pendant l'orage ; la simple alternance de la chaleur et du froid, de l'humidité et du sec, du confort et de la gêne.

Le temps coulait entre les fêtes religieuses, des gifles pour un tour clandestin au bal, un sentiment d'envie pour les frères, le plaisir de chanter dans la chorale. Ce qui se passait d'autre dans le monde restait obscur ; on ne lisait pas d'autre journal que le bulletin dominical du diocèse et on n'y lisait que le roman-feuilleton.

Les dimanches : le bœuf bouilli avec la sauce au raifort sauvage, la partie de cartes, les femmes blotties là humblement, une photo de la famille avec le premier poste de radio.

Ma mère était d'une nature exubérante, pour les photos elle plaquait ses mains sur ses hanches ou entourait d'un bras les épaules de son petit frère. Elle riait toujours et semblait vraiment ne pouvoir s'en empêcher.

Pluie-soleil, dehors-dedans ; les sentiments féminins allaient dépendre beaucoup du temps parce que « dehors », ce ne serait presque toujours que la cour, et « dedans », ce serait exclusivement la maison sans chambre à soi.

Le climat varie beaucoup dans cette région : hivers froids et étés lourds, mais on se mettait à frissonner dès que le soleil baissait ou même à l'ombre des feuillages. Beaucoup de pluie ; dès le début septembre un brouillard humide souvent à longueur de journée devant les fenêtres beaucoup trop petites, qu'aujourd'hui encore on construit à peine plus grandes : gouttes d'eau sur les cordes à linge, crapauds qui sautaient au travers du chemin devant vous dans le noir, moucherons, insectes, papillons de nuit même le jour, vers et blattes sous chaque bûche dans la réserve de bois : on ne pourrait que dépendre de tout cela, il n'y avait pas autre chose. Des désirs souvent et un bonheur vague, presque aucun désir et une pointe de malheur.

Aucune possibilité de comparaison avec une autre forme de vie : plus d'exigence non plus ?

Cela commença par un désir qui s'empara soudain de ma mère : elle voulait apprendre ; car autrefois, en petite fille qui apprenait, elle avait senti une part d'elle-même. Comme lorsqu'on dit : « Je me sens. » Pour la première fois un désir et ce désir fut exprimé, devint finalement une idée fixe. Ma mère racontait qu'elle avait « quémandé » de mon grand-père la permission d'apprendre quelque chose. Mais il n'en était pas question : un signe de la main suffisait pour qu'on n'en parle plus ; on faisait un geste de refus, c'était impensable.

Il y avait cependant dans la population un respect traditionnel des faits accomplis : une grossesse, la guerre, l'État, les coutumes et la mort. Lorsque ma mère partit tout bonnement de la maison vers quinze, seize ans pour aller apprendre la cuisine dans un hôtel du lac, le grand-père la laissa faire *puisque de toute façon elle était partie*; et puis il y avait peu à apprendre en cuisine.

Mais il n'y avait déjà plus d'autre possibilité : la plonge, les chambres, l'aide aux fourneaux, la cuisine. « Manger, ça existera toujours. » Sur les photos, visage coloré, bonnes joues, bras dessus bras dessous avec des amies timides et graves qu'elle avait entraînées ; sérénité sûre d'elle-même : « Il ne peut plus rien m'arriver ! » ; le goût franc, exubérant de la compagnie.

La vie en ville : robes courtes (« de quatre sous »), souliers à talons hauts, permanente et clips aux oreilles, une joie de vivre insouciante. Même un séjour à l'étranger ! femme de chambre en Forêt-Noire, beaucoup d'ADORATEURS, pas d'ÉLU ! Sortir, danser, se distraire, être gaie : une manière d'étourdir la crainte de la sexualité ; « et pas un ne me plaisait ». Le travail, les distractions ; le cœur gros, le coeur léger, à la radio Hitler avait une voix agréable. Le mal du pays de ceux qui ne peuvent rien s'offrir : retour à l'hôtel du lac, « je tiens déjà la comptabilité », certificats élogieux : « Mademoiselle... s'est montrée efficace et vive... Son application et sa nature franche et joyeuse nous font regretter... C'est à sa demande qu'elle quitte notre maison... » Promenades en barque, nuits passées à danser, aucune lassitude.

Le 10 avril 1938 : le Oui allemand ! « A 16 h 15 mn le Führer est apparu après un passage triomphal dans les rues de Klagenfurt aux accents de la marche de Badenweiler. L'enthousiasme des masses paraissait sans bornes. Les milliers de drapeaux à croix gammée des établissements balnéaires et des villas se reflétaient dans le Wörther See déjà libéré des glaces. Les appareils du Reich et nos propres avions rivalisaient à qui mieux mieux avec les nuages. »

Les journaux proposaient dans leurs annonces des insignes électoraux et des drapeaux en soie ou simplement en papier. Les équipes de football se séparaient en fin de partie avec le réglementaire « Sieg Heil! ». Les voitures ne portaient plus la lettre A mais la lettre D. A la radio : 6 h 15 diffusion des ordres, 6 h 35 la maxime, 6 h 50 gymnastique, 20 heures concert Richard Wagner, jusqu'à minuit variétés et musique de danse depuis l'émetteur allemand de Königsberg.

« Il faut que ton bulletin de vote soit comme ça le 10 avril : tu mettras de grosses croix dans le grand rond en dessous du OUI. »

Les voleurs récidivistes tout juste sortis de prison se dénonçaient d'eux-mêmes en prétendant qu'ils avaient acheté les objets volés dans des magasins qui, appartenant à des Juifs, AVAIENT CESSÉ D'EXISTER.

Démonstrations avec retraites aux flambeaux et heures chômées ; les bâtiments pourvus de nouveaux signes de distinction avaient maintenant des FAÇADES et RESSORTAIENT ; les forêts et les sommets SE DÉCORAIENT ; les événements historiques étaient présentés aux gens de la campagne sous forme de spectacle naturel.

« Nous étions assez excités », racontait ma mère. On faisait pour la première fois l'expérience de la communauté. Même l'ennui des jours de semaine prenait l'ambiance d'un jour de fête, « jusqu'aux heures tardives de la nuit ». Enfin une vaste cohérence se manifestait dans tout ce qui était jusqu'alors incompréhensible et étranger : tout s'ordonnait en une relation, même le travail singulièrement automatique prenait un sens, celui d'une fête. Les gestes qu'on accomplissait alors se combinaient en un rythme sportif parce qu'on les imaginait exécutés en même temps par d'autres, innombrables, et cela donnait à la vie une forme où l'on se sentait tenu d'une main ferme mais libre aussi.

Le rythme devenait partie de l'existence : un rituel.

« L'intérêt général domine l'intérêt particulier, le sens du général domine le sens du particulier. » Et on était partout chez soi, il n'y avait plus de mal du pays. Nombreuses adresses au dos des photos, pour la première fois on se procurait (ou on vous offrait ?) le calepin : tant de gens étaient vos amis tout à coup, les événements étaient si nombreux qu'on pouvait en OUBLIER. Elle avait toujours voulu être fière de quelque chose ; et comme tout ce qui était fait était plus ou moins important, elle devint véritablement fière, non pas de quelque chose de précis mais fière en général, une attitude, et l'expression d'un goût de vivre enfin obtenu ; elle n'aurait pas voulu renoncer à cette fierté confuse.

Elle ne s'intéressait toujours pas à la politique : ce qui se déroulait si ostensiblement était pour elle bien différent — mascarade, spectacle hebdomadaire de la UFA (« Grand spectacle d'actualités-Deux semaines musicales »), dimanche païen. Mais la « politique », c'était quelque chose d'immatériel, d'abstrait, ce n'était ni un bal costumé, ni une ronde, ni un orchestre folklorique, cela ne SE MONTRAIT pas en tout cas. Des parades à tout propos et la « politique », alors ? — le mot n'était pas un concept parce que, comme tous les concepts politiques, les manuels scolaires vous l'avaient déjà seriné, sans aucune relation avec quelque chose de palpable, de réel, uniquement sous forme d'un slogan ou bien, si c'était par images, sous forme d'une allégorie loin des hommes : l'oppression était une chaîne ou un talon de botte ; la liberté, un sommet montagneux ; le système économique, des cheminées d'usine à la fumée rassurante et une pipe des dimanches ; le système social, une échelle graduée : Empereur-Roi-Noble / Bourgeois-Paysan-Tisserand / Menuisier-Mendiant-Fossoyeur : et ce jeu ne pouvait se jouer à fond que dans les familles nombreuses de paysans, menuisiers, tisserands.

Cette période aida ma mère à sortir d'elle-même et à devenir autonome. Elle acquit une contenance, perdit sa dernière crainte du contact : un petit chapeau glissé de travers parce qu'un garçon lui appuyait la tête contre la sienne tandis qu'elle ne faisait que rire vers l'appareil, contente d'elle. (Cette fiction que les photos puissent vraiment « dire » ce genre de choses : mais toute mise en formules n'est-elle pas plus ou moins fictive après tout, même s'il s'agit d'un fait réel ? *Moins,* si l'on se contente de relater ; *plus,* lorsqu'on cherche les formules les plus précises ? Et c'est peut-être si l'affabulation est la plus forte que l'histoire deviendra intéressante aussi pour quelqu'un d'autre, parce qu'on est plus enclin à s'identifier à des formulations qu'à de simples faits relatés ? — D'où le besoin de poésie ? « Cherchant son souffle au bord d'un fleuve », formulation chez Thomas Bernhard.)

La guerre, série de communiqués de victoire annoncés par une musique tonitruante sortant du rond d'étoffe des haut-parleurs tandis que les récepteurs luisaient mystérieusement dans l'ombre des « coins du Seigneur », renforçait encore le sens de soi-même en « accroissant l'incertitude de toute circonstance » (Clausewitz) et en rendant passionnément hasardeux ce qui était auparavant évidence quotidienne. Cela n'avait pas été pour ma mère ce spectacle d'angoisse de la petite enfance déterminant en partie la sensibilité future, comme cela devait l'être pour moi, mais avant tout l'expérience d'un monde légendaire dont jusqu'alors on avait peut-être pu regarder les prospectus. Un sens nouveau des écarts, de ce qui AVANT était EN PAIX, et surtout des autres individus qui n'avaient jamais joué que des rôles vides de contenu, camarades, cavaliers, collègues. Pour la première fois aussi le sens de la famille : « Cher frère, je cherche sur la carte l'endroit où tu pourrais te trouver... Ta sœur. »

De même le premier amour : pour un Allemand du parti, employé de Caisse d'épargne dans le civil, qui avait un petit prestige en tant qu'officier payeur — et presque aussitôt une grossesse. Il était marié, elle l'aimait, d'un grand amour, écoutait tout ce qu'il lui disait. Elle lui présenta ses parents, fit avec lui des promenades dans les environs, lui tint compagnie dans sa solitude de soldat. « Il était plein d'attentions pour moi, et je n'avais pas peur de lui comme des autres hommes. »

Il décidait, elle consentait à tout. Il lui fit un cadeau un jour : du parfum. Il lui prêta aussi un poste de radio pour sa chambre, vint le reprendre plus tard. Il lisait encore « à cette époque », ils lisaient ensemble un livre intitulé *Au coin du feu.* Au cours d'une promenade dans la montagne, comme ils couraient un peu dans la descente, ma mère laissa échapper un vent, mon père le lui reprocha ; plus loin, lui-même lâcha un pet, il toussota. Elle se recroquevillait sur elle-même en me le racontant plus tard, gloussait d'un air malicieux mais aussi avec mauvaise conscience parce qu'elle médisait de son seul amour. Elle riait toute seule à l'idée qu'elle avait été amoureuse un jour et amoureuse de cet homme. Il était plus petit qu'elle, beaucoup plus âgé, presque chauve, elle marchait à ses côtés en talons plats, changeant sans cesse de pas pour suivre son rythme, pendue à un bras récalcitrant d'où elle glissait sans arrêt, couple disparate, ridicule — et malgré tout elle se languissait encore vingt ans après d'un sentiment semblable à celui qu'elle avait éprouvé pour ce scribe de Caisse d'épargne à cause de quelques misérables prévenances intéressées. Mais l'AUTRE ne vint jamais : les circonstances de la vie l'avaient formée pour un amour qui devait rester fixé sur un objet sans équivalent, sans remplaçant.

Après mes examens de fin d'études, je vis mon père pour la première fois : avant l'heure du rendez-vous, je le croisai par hasard dans la rue, un bout de papier plié sur son nez brûlé par le soleil, des sandales aux pieds, un colley en laisse. Ensuite il rencontra son ancienne maîtresse dans un petit café du village où elle était née, ma mère excitée, mon père perplexe ; je me tenais à distance près du juke-box, appuyai sur *Devil in disguise* d'Elvis Presley. Le mari était au courant de tout mais pour manifester, il se contenta d'envoyer au café son benjamin qui acheta une glace puis se planta près de sa mère et de l'étranger, demandant de temps en temps à sa mère, toujours avec les mêmes mots, quand elle allait se décider à rentrer à la maison. Mon père fixait des verres de soleil sur une paire de lunettes, parlait de temps en temps à son chien, dit qu'il allait « peut-être bien » payer. « Non, non, je t'invite », dit-il, comme ma mère prenait aussi son porte-monnaie dans son sac. De notre voyage de vacances à deux, nous avons écrit ensemble une carte postale à ma mère. A tous les endroits où nous nous arrêtions, il répétait que j'étais son fils, soucieux avant tout de ne pas nous faire prendre pour des homosexuels (« article 175 »). La vie l'avait déçu, il se retrouvait de plus en plus seul. « J'aime les bêtes depuis que je connais les hommes », disait-il, mais il ne le pensait pas vraiment, bien sûr.

Peu avant l'accouchement, ma mère épousa un sous-officier de la Wehrmacht qui la VÉNÉRAIT depuis longtemps et se moquait bien de cet enfant qu'elle allait avoir d'un autre. « Ce sera elle », avait-il pensé en la voyant et il avait aussitôt parié avec ses camarades qu'il l'aurait, ou plutôt qu'elle le prendrait. Il lui déplaisait profondément, mais on lui inculqua le sens du devoir (donner un père à l'enfant) : elle se laissa intimider pour la première fois, perdit un petit peu de son rire. Elle était aussi impressionnée de voir que quelqu'un s'était mis dans la tête de l'avoir, elle.

« Je croyais que de toute façon il mourrait à la guerre, racontait-elle. Mais brusquement j'ai tout de même eu peur pour lui. »

Cela lui donnait toujours droit à un prêt pour jeune ménage. Elle partit avec l'enfant chez les parents de son mari à Berlin. On la toléra. Les premières bombes tombèrent, elle repartit, histoire banale, elle riait de nouveau, criait souvent aussi et vous faisait bondir.

Elle oubliait le mari, serrait son enfant si fort qu'il pleurait, se terrait dans la maison où depuis la mort des frères on s'évitait du regard, l'air borné. N'y aurait-il plus rien ? Tout était-il fini ? Messes à la mémoire des morts, les maladies infantiles, rideaux fermés, échange de lettres avec d'anciens amis des jours légers, se rendre utile à la cuisine et dans les travaux des champs qu'on abandonnait sans arrêt pour placer le petit à l'ombre ; puis les sirènes de l'alerte déjà, même à la campagne, la course de la population vers les grottes prévues pour servir d'abris pendant les bombardements, le premier entonnoir du village, futur terrain de jeux et dépotoir.

Le plein jour à son tour évoquait des fantômes, et le milieu, qu'une approche journalière incessante avait peu à peu extirpé des cauchemars de l'enfance et rendu ainsi familier, hantait de nouveau les esprits sous forme d'une apparition insaisissable.

Devant tous les événements ma mère semblait être là, bouche ouverte. Elle ne devenait pas peureuse, devant la peur contagieuse des autres, elle pouvait peut-être éclater d'un rire bref parce qu'elle avait honte en même temps de sentir son corps se faire soudain autonome avec autant d'aplomb. « Tu n'as pas honte ! » ou bien : « Tu devrais avoir honte ! » c'était déjà pour la petite fille et surtout pour l'adolescente le fil conducteur constamment présenté par les autres. Dans ce contexte catholique et campagnard, toute manifestation d'une vie féminine propre était avant tout déplacée et incontrôlée ; coups d'œil obliques jusqu'à ce que la confusion ne soit plus seulement mimée par des grimaces mais aille tout au fond effaroucher les sentiments les plus élémentaires. « Femmes rougissantes » même dans la joie parce que l'usage commandait d'avoir honte de cette joie ; le visage ne pâlissait pas mais rougissait dans la tristesse, on ne fondait pas en larmes mais en sueur.

A la ville, ma mère avait pu croire qu'elle avait trouvé une forme de vie un peu conforme à sa nature, dans laquelle elle se sentait bien en tout cas — mais elle constatait que, en excluant toute autre possibilité, la forme de vie des autres prétendait être aussi le seul *contenu* de vie menant au salut. Lorsqu'elle parlait de sa personne, au-delà d'une phrase de constatation, un simple regard suffisait pour la faire taire. La joie de vivre, un pas de danse pendant le travail, fredonner une rengaine, c'était une idée folle, et comme vous n'étiez pas suivi et que vous restiez isolé, vous étiez bientôt de cet avis. Pour les autres, la vie devait être aussi un exemple, ils mangeaient très peu pour l'exemple, gardaient le silence pour l'exemple, n'allaient se confesser que pour rappeler ses péchés à celui qui restait à la maison.

Et on était réduit à la famine. La plus petite tentative d'explication personnelle n'était que répondre à une attaque. On se sentait libre — on ne pouvait l'exprimer. Les autres étaient des enfants sans doute ; mais on était déprimé quand c'étaient des enfants qui vous regardaient de cet air critique.

Peu après la fin de la guerre, ma mère se souvint de son mari et, alors que personne ne l'avait appelée, elle repartit pour Berlin. Le mari aussi avait oublié qu'un jour, dans un pari, il avait misé sur elle, il vivait avec une amie ; n'était-ce pas la guerre autrefois ?

Mais elle avait amené l'enfant, tous deux suivirent le principe du devoir à contrecœur.

En sous-location dans une grande pièce à Berlin-Pankow, conducteur de tramway, le mari buvait, receveur de tramway, il buvait, boulanger, il buvait,

41

la femme allait sans arrêt trouver l'employeur avec le deuxième enfant qu'elle avait eu et le suppliait de refaire un essai, histoire banale.

Ma mère dans cette misère perdit ses joues rondes de campagnarde et devint une femme très élégante. Elle portait haut la tête et acquit une démarche. Elle en était à pouvoir mettre n'importe quoi, ça l'habillait. Elle n'avait pas besoin de renard sur les épaules. Quand le mari, redevenu lucide après l'ivresse, s'accrochait à elle et lui faisait comprendre qu'il l'aimait, elle avait pour lui un sourire de pitié inflexible. Plus rien n'avait de prise sur elle.

Ils sortaient beaucoup et formaient un beau couple. Lorsqu'il était ivre, il devenait INSOLENT, elle devait se montrer SÉVÈRE avec lui. Et il la battait parce qu'elle n'avait rien à lui dire, c'était tout de même lui qui rapportait l'argent à la maison.

Elle se fit avorter avec une aiguille à l'insu de son mari.

Il habita un moment chez ses parents, puis on le lui renvoya. Souvenirs d'enfance : le pain frais qu'il apportait parfois à la maison, les pains de seigle noirs et huileux autour desquels la pièce sombre s'épanouissait, les paroles gentilles de la mère. Il y a plus d'objets que de personnes dans ces souvenirs, une toupie qui danse dans une rue en ruine et déserte, des flocons d'avoine dans une cuiller à sucre, l'écume grise d'une ration dans une gamelle en fer-blanc portant des poinçons russes, et pour les personnes uniquement des fragments : des cheveux, des joues, des cicatrices apparentes aux doigts — de son enfance la mère avait à l'index une cicatrice de coupure qui formait un bourrelet, on se tenait à cette bosse dure quand on marchait à ses côtés.

Elle n'était donc rien devenue, elle ne pouvait plus rien devenir non plus, il avait vraiment été inutile de le lui prédire. Elle parlait déjà de ses « années d'autrefois » alors qu'elle n'avait même pas trente ans. Elle n'avait rien « admis » jusqu'à présent mais les circonstances de la vie devenaient si misérables qu'elle devait, pour la première fois, être raisonnable. Elle admit le bon sens sans rien comprendre. Elle avait commencé à imaginer des choses et même essayé tant bien que mal de vivre selon elles — et ce fut : « Sois donc raisonnable » — le réflexe de raison — « Mais je suis très calme ! »

Elle était donc partagée et apprit elle-même le partage, avec les personnes, avec les objets, et pourtant ce partage ne lui apportait pas grand-chose : les personnes, un mari à qui on ne pouvait pas parler et des enfants à qui on ne pouvait pas encore parler, ne comptaient guère, les objets n'étaient disponibles que par unités minimes — et elle eut à devenir mesquine et économe : on n'avait pas le droit de mettre les chaussures du dimanche en semaine, on devait replacer le costume de ville sur son cintre dès qu'on était à la maison, le filet à provisions n'était pas fait pour jouer ! Pas avant demain le pain frais. (Plus tard, ce fut ma montre de confirmation qui fut mise sous clé aussitôt après la cérémonie.)

Dans son impuissance elle se raidit et s'y surpassa. Elle devint susceptible et le dissimula derrière une dignité forcée, anxieuse, sous laquelle perçait à la moindre blessure un être sans défense saisi de panique. Il était très facile de l'humilier.

Elle croyait, comme son père, qu'elle ne pouvait plus rien s'offrir mais sans cesse demandait aux enfants, avec un sourire honteux, de la faire goûter un peu à une friandise.

On l'aimait chez les voisins et elle était admirée, c'était une nature d'Autrichienne sociable, aimant chanter, un être DROIT, elle n'était pas affectée et maniérée comme les gens de la ville, il n'y avait aucune critique à lui faire. Elle s'entendait même avec les Russes parce qu'elle pouvait communiquer avec eux en slovène. Elle leur disait beaucoup de choses, épuisait leur vocabulaire commun, cela la libérait.

Mais jamais elle n'eut envie d'une aventure. Pour une aventure elle avait trop vite le cœur gros ; la pudeur toujours prêchée, devenue instinctive. Elle ne pouvait se représenter une aventure que sous la forme de quelqu'un qui « voulait quelque chose d'elle » ; et cela la faisait reculer, elle qui ne voulait rien de personne. Les hommes dont elle aima la compagnie plus tard étaient des GENTILSHOMMES, le bien-être qu'elle trouvait auprès d'eux lui suffisait comme tendresse. Qu'il y eût quelqu'un à qui parler et elle se sentait détendue, presque heureuse. Elle n'acceptait plus la moindre approche, ou bien il aurait fallu y mettre cette prudence qu'elle avait mise autrefois à se sentir un être libre — mais elle ne la connaissait plus qu'en rêve.

Elle devint un être neutre, se dilapidait dans les banalités quotidiennes.

Elle n'était pas solitaire, il lui arrivait de se percevoir comme une partie de quelque chose. Mais il n'y avait personne pour la compléter. « Nous nous complétions si bien », disait-elle en parlant des jours passés avec l'employé de Caisse d'épargne ; cela restait son idéal d'un amour éternel.

L'après-guerre ; la capitale : vivre à la ville comme autrefois n'était pas possible ici. Montant et descendant parmi les décombres d'un bout à l'autre de la ville, on cherchait les raccourcis, et pourtant on devait sans cesse rester un peu en arrière dans les longues files d'attente, refoulé par des contemporains réduits à des coudes et regardant en l'air. Un rire bref et malheureux, le refus de se voir et le regard qui se promène en l'air comme celui des voisins, se laisser surprendre à manifester comme eux un besoin, orgueil blessé, mais tentatives de s'affirmer, pitoyables parce que c'était précisément devenir la réplique et l'équivalent des voisins : être bousculé et bousculer, être malmené et malmener, être insulté et insulter. Cette bouche qui avait pu rester ouverte de temps en temps, celle de l'adolescente étonnée (ou de la femme qui fait-mine-de), de la campagnarde qui s'effraie à la fin d'une rêverie soulageant le cœur gros, était exagérément close dans cette vie nouvelle pour montrer qu'on s'adaptait à un esprit de décision général qui ne pouvait être qu'une façade parce qu'il n'y avait pratiquement aucune décision *personnelle* à prendre.

Un masque pour visage — non pas un masque rigide mais un masque mobile — une voix déguisée qui, s'efforçant craintivement d'être neutre, n'imitait pas seulement le dialecte étranger mais aussi les expressions inconnues — « A vos souhaits ! » — « Pas touche ! » — « Tu as encore eu un appétit d'ogre ! » — un maintien copié sur les autres, ce déhanchement, un pied posé devant l'autre... tout cela non pas pour devenir un être différent mais un TYPE ; d'un personnage d'avant guerre à un personnage d'après guerre, d'une péquenaude à une créature de la ville dont la description pouvait se réduire à : GRANDE, MINCE, CHEVEUX FONCÉS.

Une telle description qui était celle d'un type permettait aussi de se sentir libéré de sa propre histoire, parce que la sensation de soi-même ne correspondait plus qu'au coup d'œil rapide d'un étranger qui vous jauge en objet érotique.

C'est ainsi qu'une âme qui n'avait jamais eu la possibilité de connaître la tranquillité bourgeoise trouva du moins une assurance superficielle en imitant misérablement dans ses rapports avec les autres le système bourgeois de jauge pratiqué avant tout par les femmes, et : celui-ci est mon type, moi, je ne suis pas le sien ; ou bien : je suis le sien mais lui n'est pas le mien ; ou encore : nous sommes faits l'un pour l'autre, ou alors, on ne peut pas se sentir — et toutes les formes de relation sont si bien conçues déjà comme des règles contraignantes que toute attitude comparativement *isolée*, un peu adaptée à l'autre, ne représente qu'une exception à ces règles. « En fait, il n'était pas mon type », disait par exemple ma mère à propos de mon père. On vivait donc selon cette doctrine du type, se sentant agréablement changé en objet et ne souffrant plus non plus de soi-même, ni de son origine, ni de son individualité peut-être bancale et tarée, ni des conditions de survie chaque jour renouvelées ; en tant que type, le petit homme sortait plus grand de sa solitude et de son isolement honteux, s'évanouissait et devenait pourtant quelqu'un, même si ce n'était que passager.

Et on se contentait de planer le long des rues, porté par tout ce qu'on pouvait avec insouciance laisser derrière soi, rebuté par tout ce qui exigeait un arrêt et de nouveau vous imposait à vous-même : les files d'attente, un grand pont au-dessus de la Spree, une vitrine de voitures d'enfants. (Elle s'était encore fait avorter en cachette.) Pas de répit pour être en repos, pas de relâche pour être débarrassé de soi-même. Devise : « Aujourd'hui je ne penserai à rien, aujourd'hui je serai toujours joyeuse. »

Cela réussissait quelquefois, l'individuel s'évanouissait dans le typique. Et même la tristesse n'était plus alors qu'un stade fugitif de la gaieté : « Abandonnée comme une pierre sur les routes, que je suis abandonnée, que je suis abandonnée ! » Grâce à la mélancolie incroyablement factice de cet air populaire artificiel, elle apportait sa part à l'amusement général et au sien, et le programme pouvait se poursuivre par des histoires drôles masculines dont l'accent qui annonçait des grivoiseries vous permettait déjà de rire sans réserve.

Mais à la maison les QUATRE MURS, seule avec eux ; il y avait un dernier prolongement au badinage, fredonner, ce pas de danse en enlevant ses souliers, l'envie brève d'exploser, mais déjà on se traînait à travers la pièce, du mari à l'enfant, de l'enfant au mari, d'une chose à une autre.

Elle s'embrouillait toujours ; à la maison, les petits systèmes d'évasion bourgeois n'avaient plus à fonctionner parce que les conditions de vie — l'unique pièce d'habitation, le souci du pain quotidien et de lui seul, la forme d'entente avec le COMPAGNON DE VIE presque réduite à une mimique, une gestuelle machinale et des rapports sexuels contraints — n'étaient autres que prébourgeoises. Il aurait fallu sortir de chez soi pour au moins profiter un petit peu de la vie. Dehors, le type du vainqueur, dedans, la moitié la plus faible, l'éternel perdant. Ce n'était pas une vie !

Elle en parlait très souvent plus tard — c'était un besoin pour elle de *parler* — et tout en parlant, elle se secouait souvent à force de dégoût et de détresse, mais si craintivement qu'au lieu de *secouer* le dégoût et la détresse, elle les ranimait dans son frisson.

Un sanglot ridicule dans les toilettes quand j'étais petit, quelqu'un qui se mouche, des yeux rouges et battus. Elle était ; elle fut ; elle ne fut rien.

(Ce qui est écrit ici sur quelqu'un de précis est un peu imprécis, évidemment ; mais seules des généralisations ignorant délibérément ma mère en tant que personnage principal sans doute unique d'une histoire peut-être exclusive peuvent intéresser quelqu'un d'autre que moi — la relation simple d'une vie mouvementée et de sa fin brutale ne serait qu'une gageure.

Mais le danger avec ces abstractions et ces formulations est qu'elles tendent à prendre leur autonomie. Elles oublient alors la personne d'où elles émanent — une réaction en chaîne de tournures et de phrases comme en rêve les images, la littérature devenue rituel, toute vie individuelle ne fonctionnant plus que comme prétexte.

Ces deux dangers — d'un côté la relation simple, de l'autre la disparition insensible d'un personnage au sein de phrases poétiques — ralentissent l'écriture parce que je redoute à chaque phrase de basculer. Ceci est juste pour tout travail littéraire mais particulièrement pour celui-ci où la toute-puissance des faits est telle que l'imagination n'a presque plus rien.

C'est pour cette raison aussi qu'au début je suis parti des faits et que j'ai cherché des formules pour eux. Puis je me suis aperçu que chercher des formulations, c'était m'éloigner des faits. C'est alors que je suis parti des formulations déjà disponibles, de la réserve d'universaux, non plus des faits, et que j'ai trié dans la vie de ma mère les situations déjà prévues dans ces formules ; car seul un langage public, non sélectif, pouvait permettre de retrouver parmi tant de moments insignifiants ceux dont la divulgation s'imposait.

Donc je compare la provision générale de formules pour la biographie d'une femme avec la vie particulière de ma mère, phrase par phrase ; des concordances et des contradictions naît alors l'écriture véritable. Seul importe que je n'introduise pas de citations pures ; même quand les phrases ont l'apparence d'une citation, elles ne doivent à aucun moment faire oublier qu'elles s'appliquent, pour moi du moins, à quelqu'un de particulier — et pour qu'elles me paraissent utilisables, il faut que l'idée centrale, forte et bien pesée, soit ce prétexte personnel, privé si l'on veut.

Autre particularité de cette histoire : de phrase en phrase je ne m'éloigne pas de la vie intérieure des sujets décrits

pour, comme c'est le cas habituelle-
ment, les considérer de l'extérieur en
insectes enfin emprisonnés, me sentant
finalement libéré et dans une belle
humeur de fête, au contraire, je cherche
avec un sérieux constant et obstiné à me
rapprocher par l'écriture de quelqu'un
qu'aucune phrase ne me permet cependant de saisir en entier, si bien que je
dois sans cesse repartir de zéro et que je
n'obtiens jamais l'habituelle symétrie de
la perspective à vol d'oiseau.

D'habitude, en effet, je pars de moi-
même et de mes propres histoires, je
m'en dégage au fur et à mesure du
processus de l'écriture pour finalement
me larguer, moi et mes histoires, pro-
duit d'un travail et marchandise offerte
— mais cette fois, n'étant que *celui qui
décrit* et ne pouvant remplir également
le rôle de *celui qui est décrit*, je ne
parviens pas à prendre cette distance.
Je ne peux me distancer que de moi-
même, ma mère existe et, comme je le
deviens sinon pour moi-même, ne
devient pas une silhouette artificielle de
plus en plus sereine, aérienne et pla-

nant sur elle-même. Elle ne se laisse pas emprisonner, reste insaisissable, les phrases culbutent dans le noir et s'enchevêtrent sur le papier.

« Quelque chose d'indicible », dit-on souvent dans les histoires, ou bien : « Quelque chose d'indescriptible », ce que je prends le plus souvent pour de mauvais faux-fuyants ; pourtant cette histoire, elle, tourne vraiment autour d'une chose sans nom, de secondes d'épouvante qui vous privent de la parole. Elle traite d'instants où la conscience a un sursaut d'horreur ; d'états d'épouvante si brefs que pour eux le langage arrive toujours trop tard ; d'éléments de rêve si abominables qu'on a réellement la sensation qu'ils rongent la conscience. Souffle coupé, rigidité, « un froid glacial me monta le long du dos, mes cheveux se dressèrent sur ma nuque » — uniquement les états propres à une histoire de fantômes, quand on referme bien vite un robinet qu'on vient d'ouvrir, quand on est dans la rue un soir, une bouteille de bière à la main, des états uniquement, aucune histoire achevée se concluant de façon plus ou moins rassurante, prévisible.

C'est à la rigueur dans la vie des rêves que l'histoire de ma mère peut devenir fugitivement saisissable : alors ses sentiments deviennent physiques à un point tel que je les vis comme son double et que je m'identifie à eux ; mais il ne s'agit là que de ces instants déjà évoqués, un besoin extrême de confidence coïncidant avec un silence extrême. C'est pourquoi on simule le schéma ordonné d'une biographie ordinaire et on écrit : « Autrefois-ensuite », « parce que-bien que », « était, fut, ne fut rien », on espère de cette façon dompter la tentation de l'épouvante. Ce serait peut-être le comique de la chose.)

Au début de l'été 1948, ma mère, son mari, ses deux enfants, la petite d'à peine un an dans un sac à provisions, quittèrent sans papiers le secteur Est. Toujours au petit matin, ils franchirent clandestinement deux frontières, il y eut à un moment le halte-là d'un garde-frontière russe et la réponse en slovène de ma mère comme mot de passe, et pour l'enfant ensuite une triade, aube, chuchotements, dangers, puis une excitation joyeuse pendant le trajet en chemin de fer à travers l'Autriche, et de nouveau elle habita dans sa maison natale où on installa un logement pour elle et sa famille dans deux petites pièces. Le mari fut engagé comme compagnon chez son beau-frère charpentier, à nouveau elle fit partie de la communauté d'autrefois.

Ce n'était plus comme à la ville, elle était fière ici d'avoir des enfants, et elle se montrait avec eux. Elle n'acceptait plus rien de personne. Autrefois, elle pouvait peut-être crâner un peu ; maintenant, elle se moquait des autres carrément. Elle était si moqueuse envers tous qu'ils se tenaient à peu près tranquilles. Il y avait surtout le mari, lui qui parlait si souvent de ses nombreux projets, elle se moquait de lui si durement qu'il se troublait vite et ne savait plus que regarder par la fenêtre d'un air morne. Mais il repartait de plus belle le lendemain. (Le bruit des rires moqueurs de ma mère redonne vie à cette période !) Elle interrompait aussi les enfants dès qu'ils demandaient quelque chose, elle se moquait d'eux ; il était en effet ridicule d'exprimer sérieusement un désir. Elle avait mis au monde son troisième enfant.

Elle reprit son dialecte mais seulement par jeu : une femme AYANT VÉCU A L'ÉTRANGER. Ses amies d'autrefois aussi étaient presque toutes revenues vivre dans leur village natal ; elles n'avaient fait qu'une seule petite fugue en ville et au-delà des frontières.

Dans cette forme de vie limitée en grande partie à la conduite du ménage et à la seule subsistance, l'amitié pouvait peut-être signifier connaître quelqu'un. cela ne signifiait pas lui faire des confidences. Il était clair d'ailleurs que tous avaient les mêmes soucis — vous les supportiez bien ou vous les supportiez mal, c'était tout ce qui vous distinguait des autres, une simple question de tempérament.

Les gens qui n'avaient aucun souci

dans cette couche de la population se singularisaient ; des cinglés. Les ivrognes ne devenaient pas loquaces mais plus taciturnes encore, ils pouvaient crier des injures ou hurler de rire tout à coup, et à nouveau ils sombraient en eux-mêmes, et pour finir, à l'heure de la fermeture, ils se mettaient soudain à sangloter mystérieusement et embrassaient ou rossaient leur voisin.

Il n'y avait rien à raconter sur soi-même ; même à l'église, à la confession de Pâques, quand pour une fois dans l'année on pouvait dire quelque chose sur soi-même, ce n'étaient que slogans du catéchisme qu'on marmottait et où le moi vous apparaissait vraiment plus étranger qu'un morceau de lune. Quand quelqu'un parlait de soi et ne se contentait pas de raconter des choses sur le ton de la blague, on le qualifiait d' « original ». La destinée personnelle, à supposer qu'elle ait jamais eu quelque chose d'original, était dépersonnalisée jusque dans les restes des rêves et consumée par les rites de la religion, des usages et des bonnes mœurs, de sorte qu'il n'y avait presque plus rien de l'homme dans les individus ; le mot « individu » n'était d'ailleurs connu que comme insulte.

Le rosaire douloureux ; le rosaire glorieux ; la fête de la moisson ; la fête du plébiscite ; la soirée réservée aux dames ; le verre de l'amitié ; les farces à date fixe ; la veillée funèbre ; le baiser du premier de l'An : problèmes personnels, soif de communication, goût de l'entreprise, sens de l'unique, nostalgie des lointains, appétit sexuel extériorisaient sous ces formes toutes les différentes visions d'un monde retourné dans lequel tous les rôles auraient été inversés, et on n'était plus un problème pour soi-même.

Vivre spontanément — aller se promener un *jour de semaine*, tomber amoureuse une deuxième fois, être une femme et boire seule un alcool à l'auberge — c'était déjà se livrer à une sorte de débauche ; on pouvait peut-être chanter un air avec d'autres ou s'inviter à danser « spontanément ». Frustré de sa propre histoire et de ses propres sentiments, on devenait peu à peu « farouche », expression employée aussi pour les animaux domestiques, les chevaux par exemple : on devenait sauvage et on ne parlait presque plus ou bien on perdait la tête et on allait crier un peu partout.

Les rites évoqués avaient alors une fonction consolatrice. La consolation : elle ne venait pas à vous, on se retrouvait en elle ; consentant enfin à reconnaître qu'on n'était rien en tant qu'individu, rien de particulier du moins.

On ne s'attendait plus définitivement à aucune révélation personnelle parce qu'on n'éprouvait plus aucun besoin de demander quelque chose. Les questions étaient toutes devenues des formules creuses, les réponses à ces questions étaient si stéréotypées qu'elles n'avaient plus à être données par des *hommes,* il suffisait d'*objets* : le doux sépulcre, le doux cœur de Jésus, la douce et douloureuse Madone se transfiguraient en fétiches où se retrouvait la nostalgie de la mort qu'on éprouvait soi-même, qui adoucissait les malheurs quotidiens ;

devant ces fétiches consolateurs on s'effaçait. Et le contact quotidiennement uniforme avec les mêmes objets vous rendait à leur tour ces objets sacrés ; douce n'était pas l'inaction mais le travail. C'était de toute façon tout ce qui vous restait.

On ne savait plus regarder. « Curiosité », ce n'était pas un trait de caractère mais un excès de femme ou de femelle.

La nature de ma mère était une nature curieuse et ma mère ne connaissait pas de fétiche consolateur. Elle ne se plongeait pas dans le travail, elle s'en acquittait distraitement et devint donc insatisfaite. Les inquiétudes de la religion catholique lui étaient étrangères, elle ne croyait qu'à un bonheur ici-bas, mais ce bonheur n'était aussi qu'un effet du hasard ; par hasard elle-même avait eu la poisse.

Les gens apprendraient à la connaître !

Mais comment ?

Elle aurait tant voulu être vraiment frivole ! Et un jour elle le fut vraiment :

« J'ai été frivole aujourd'hui, je me suis acheté un corsage ! » Et ce qui était déjà beaucoup dans son milieu, elle prit l'habitude de fumer, elle fumait même en public.

Beaucoup de femmes de la région buvaient en cachette ; leurs grosses lèvres grimaçantes la dégoûtaient : ce n'était pas le moyen de se faire connaître. Elle pouvait peut-être devenir un peu grise — et elle buvait à une amitié. De cette façon elle fut bientôt à tu et à toi avec les plus jeunes notables. Elle était bien accueillie dans la société qui avait pu se former jusque dans ce petit village, grâce aux quelques nantis. Elle gagna un jour le premier prix d'un bal costumé, en Romaine. Dans les distractions au moins la société campagnarde feignait d'ignorer les classes, du moment qu'on était CORRECT, JOYEUX ET RIGOLO.

A la maison elle était la « mère », le mari aussi l'appelait plus souvent par ce nom que par son prénom. Elle laissait faire, ce mot était bien le plus juste pour décrire les relations avec son mari ; à vrai dire il n'avait jamais été de près ou de loin son bien-aimé.

C'était elle maintenant qui épargnait. Mais épargner ne pouvait être mettre de l'argent de côté, comme faisait son père, c'était nécessairement épargner *sur les dépenses,* réduire les besoins au point qu'ils apparaissaient bientôt comme des CONVOITISES et étaient réduits encore plus.

Et même à l'intérieur de cette marge misérable on se tranquillisait encore en pensant qu'au moins on imitait le *schéma* d'une manière de vivre bourgeoise : même risible, il existait toujours une répartition des biens entre ceux qui étaient nécessaires, ceux qui n'étaient qu'utiles et ceux qui étaient de luxe.

Seule la nourriture était nécessaire ; utile, le chauffage pour l'hiver ; tout le reste était déjà du luxe.

Qu'il restât quelque chose pour cela vous donnait au moins une fois par semaine une petite fierté de vivre :

« On s'en tire encore mieux que d'autres ! »

On s'offrait donc le luxe suivant : une place de cinéma au neuvième rang et un verre de vin mousseux après ; une tablette de chocolat Bensdorp à un ou deux schillings pour les enfants le lendemain matin ; une fois par an, une bouteille de liqueur d'œufs faite à la maison ; certains dimanches d'hiver, la crème battue, celle qu'on avait recueillie pendant la semaine en plaçant chaque nuit le pot à lait entre la double vitre. Quelle fête alors ! écrirais-je si c'était ma propre histoire ; mais ce n'était que singer servilement un mode de vie inaccessible, le jeu pour enfants du paradis terrestre.

Noël : on emballait comme cadeau ce qui était de toute façon indispensable. On se faisait des surprises avec le nécessaire, sous-vêtements, chaussettes, mouchoirs, et on disait que c'était exactement ce qu'on avait DÉSIRÉ ! On jouait ainsi à recevoir presque tout en cadeau, sauf la nourriture ; j'étais par exemple rempli de gratitude pour les affaires d'écolier les plus indispensables, je les posais près de mon lit comme des cadeaux.

Une vie à la petite mesure des revenus dépendant du salaire horaire qu'elle calculait chaque mois pour son mari, avide d'une petite demi-heure par-ci par-là, en période pluvieuse la peur d'une semi-activité à peine rétribuée, quand le mari restait assis à côté d'elle dans la petite cuisine et parlait sans arrêt ou, vexé, regardait fixement par la fenêtre.

En hiver, l'allocation aux chômeurs du bâtiment que le mari dépensait à boire. Aller le chercher d'auberge en auberge; il lui montrait ce qui restait, l'air malicieux. Coups sous lesquels elle s'esquivait; elle ne lui parlait plus, repoussant ainsi les enfants qui s'affolaient dans ce silence et s'accrochaient au père tout contrit. Sorcière! Les enfants prenaient un visage hostile parce qu'elle était trop intransigeante. Ils dormaient le cœur battant quand les parents étaient sortis, s'enfonçaient sous la couverture dès que l'homme poursuivait la femme à travers la pièce le matin. Elle s'arrêtait sans cesse, faisait un pas en avant, recevait directement une nouvelle bourrade, elle et lui muets de rage, enfin elle ouvrait la bouche, et il avait ce qu'il voulait : « Espèce de brute ! Espèce de brute ! » et il pouvait la battre vraiment, et après chaque coup elle lui lançait vite une moquerie.

Sinon, ils se regardaient à peine, mais dans ces instants de franche hostilité, ils se regardaient droit dans les yeux, lui se faisant petit, elle le dominant. Sous la couverture, les enfants n'entendaient que les coups et les halètements, parfois la vaisselle qui tremblait dans le buffet. Le lendemain matin, ils préparaient eux-mêmes leur petit déjeuner, pendant ce temps le mari gisait inconscient sur le lit et à côté de lui sa femme, les yeux fermés, faisait semblant de dormir. (C'est certain : cette forme descriptive fait l'effet d'être copiée, calquée sur d'autres descriptions ; interchangeable ; l'éternelle rengaine ; sans rapport avec son époque ;

bref : « XIXe siècle » — mais c'est ce qui paraît indispensable ; car les éléments de la description, dans les conditions économiques esquissées et dans cette région du moins, étaient bien des éléments ainsi renouvelables, hors du temps, répétés à l'infini, bref : XIXe siècle. Et aujourd'hui encore le même refrain : à la mairie on ne voit presque sur le panneau d'affichage que des listes d'interdits de cabarets.)

Elle ne s'enfuit pas. Elle avait compris où était sa place. « J'attendrai bien que les enfants soient grands. » Un troisième avortement, avec une forte hémorragie cette fois. Elle devint encore enceinte juste avant ses quarante ans. Un nouvel avortement n'était plus possible, elle porta l'enfant.

« Pauvreté » était un mot plus ou moins noble, il était beau. Comme des vieux livres d'école, il émanait aussitôt de lui certaines représentations : pauvre mais propre. Par la propreté les pauvres devenaient dignes de vivre en société.

Le progrès social consistait en un apprentissage de l'hygiène ; dès que les miséreux étaient devenus propres, « pauvreté » devenait un terme honorifique. Et pour les intéressés eux-mêmes la misère n'était plus que la saleté d'un pays d'asociaux qui n'était pas le leur.

« Une fenêtre est la carte de visite des habitants. »

Et les besogneux, obéissants, dépensaient pour se débarrasser de leur propre souillure les moyens qu'un esprit progressiste accordait en vue de leur assainissement. Ils avaient pu dans la misère déranger les idées de l'opinion par des images repoussantes mais précisément concrètes et palpables, mais en tant que « classe la plus pauvre » assainie, nettoyée, leur vie devenait une abstraction échappant à ce point à toute représentation qu'on pouvait les oublier. Il y avait de la misère des descriptions matérielles, il n'y avait pour la pauvreté que des symboles.

Et ces descriptions matérielles de la misère, elles s'attachaient uniquement à ce que la misère avait de dégoûtant physiquement, elles-mêmes *produisaient* le dégoût par leur manière complaisante de décrire, à cause de cela le dégoût, au lieu de se transformer en pulsion d'action, vous rappelait simplement le stade anal, celui où l'on pouvait manger ses excréments.

Dans certains foyers, par exemple, l'unique récipient pouvait servir de vase de nuit et le lendemain on l'utilisait pour travailler la farine. Il est certain qu'on le rinçait auparavant à l'eau bouillante, ce n'était donc pas très grave, mais par le simple fait de décrire le phénomène on lui donnait le pouvoir d'inspirer le dégoût. « Ils font leurs besoins dans un récipient et ensuite mangent dans ce récipient. — Pouah ! » Beaucoup mieux que la simple vision des choses, les mots transmettent cette sorte de dégoût d'une confortable passivité. (Me souvenir moi-même d'avoir frissonné en lisant des descriptions littéraires d'une tache de jaune d'œuf sur une veste d'intérieur.) D'où mon malaise lorsqu'il s'agit de décrire la misère ; car il n'y a rien à décrire dans la pauvreté nettoyée mais toujours aussi misérable.

Devant le mot « pauvreté » je pense donc toujours : il était une fois ; et c'est l'expression qu'on rencontre la plupart du temps chez ceux qui ont connu ça, celle d'une notion remontant à l'enfance ; non pas « j'étais pauvre », mais « j'étais le fils de pauvres gens » (Maurice Chevalier) ; repère pour Mémoires d'une cocasse gentillesse. Mais à l'idée des conditions de vie de ma mère, je suis incapable de broder ainsi mes souvenirs. Dès le début, être acculé à ne soigner en tout que la forme : à l'école déjà, la matière à laquelle les instituteurs de campagne accordaient la première place pour les filles était : « présentation des travaux écrits » ; et cela se prolongeait dans la tâche imposée à la femme de maintenir extérieurement la cohésion de la famille ; non pas une pauvreté gaie mais une misère bienséante ; la contrainte chaque jour renouvelée de maîtriser son visage qui peu à peu en perdait son âme.

Peut-être se serait-on senti mieux si la bienséance avait été exclue de la misère, on aurait acquis un minimum de conscience prolétarienne. Mais il n'y avait pas de prolétaires dans la région, pas même de populace, tout au plus des indigents loqueteux ; personne pour être insolent ; ceux qui atteignaient le fond n'éprouvaient que de la gêne, la pauvreté était effectivement un vice.

Tout cela restait malgré tout si peu évident pour ma mère que la contrainte perpétuelle pouvait l'humilier. En employant pour une fois un symbole : elle ne faisait plus partie des *indigènes qui n'ont encore jamais vu l'homme blanc*. Elle était capable de se représenter une vie qui n'était pas seulement ménage à perpétuité. Il aurait suffi que quelqu'un lève le petit doigt, elle serait allée au bout de son idée.

Elle aurait, elle serait, elle serait allée.

Ce qui se passait en réalité :

Un spectacle naturel employant des accessoires humains qui en étaient systématiquement déshumanisés. Visite sur visite auprès de son frère pour repousser une fois de plus le licenciement du mari alcoolique ; une requête auprès du contrôleur pour qu'il veuille bien renoncer à porter plainte à cause du poste de radio qui n'avait pas été déclaré ; la promesse de se montrer digne en tant que citoyenne d'un prêt à la construction ; les démarches de bureau en bureau pour obtenir un certificat d'indigence ; l'attestation d'absence de ressources à renouveler chaque année pour le fils devenu étudiant ; papiers à remplir pour les remboursements des soins médicaux, pour les allocations familiales, pour une réduction du denier du culte — résultats d'un bon vouloir le plus souvent, mais il fallait aussi fournir sans cesse tant de preuves même pour ce qui vous était dû légalement qu'on accueillait avec reconnaissance le Accordé ! final comme une faveur.

A la maison, pas d'appareils ; tout était encore fait à la main. Objets d'un siècle disparu transfigurés dans la conscience générale en objets-souvenirs : le moulin à café, qui était par ailleurs un jouet de prédilection, mais aussi la CONFORTABLE lessiveuse, la SYMPATHIQUE cuisinière à bois, les DRÔLES de casseroles rapiécées par tous les bouts, le REDOUTABLE tisonnier, le FRINGANT chariot à ridelles, la DYNAMIQUE serpette, les ÉBLOUISSANTS couteaux qu'au cours des années les HARDIS rémouleurs avaient presque affûtés jusqu'au dos, le COQUIN dé à coudre, le BON GROS champignon à repriser, le MASSIF fer à repasser grâce auquel on pouvait changer de vêtements car on le posait sans cesse sur la plaque du fourneau pour qu'il soit toujours chaud, et pour finir la PIÈCE DE CHOIX, la machine à coudre Singer qui marchait à la main et au pied ; et là-dedans il n'y a que l'énumération qui réchauffe.

Mais une autre méthode d'énumération serait aussi idyllique évidemment : les douleurs dans le dos ; les mains brûlées par l'eau de lessive puis glacées et gercées en étendant le linge —

comme le linge gelé craquait quand on le pliait ! — un saignement de nez parfois en se relevant de la position courbée ; des femmes si préoccupées par le souci de tout expédier et vite que, s'oubliant, elles allaient faire les courses avec une certaine tache de sang sur leur jupe ; les plaintes éternelles sur les petites misères, tolérées parce qu'on n'était après tout qu'une femme ; femmes entre elles : non pas : « Comment ça va ? », mais : « Ça va-t-il mieux ? »

C'est bien connu. Cela ne prouve rien ; tout pouvoir démonstratif étant annihilé par l'opposition avantages-désavantages, la plus pernicieuse des règles de vie. « Tout a ses avantages et ses désavantages, que voulez-vous », et c'est l'inacceptable qui devient acceptable — un désavantage qui n'est autre qu'une particularité nécessaire de tout avantage.

Les avantages n'étaient en général que des désavantages manquants : *pas de* bruit, *pas de* responsabilité, *pas de* travail chez les autres, *pas de* départ journalier de la maison et de séparation des enfants. Les désavantages réels étaient donc annulés par les désavantages *absents.*

Rien de bien terrible par conséquent ; c'était un jeu de s'en défaire, en dormant. Mais avec tout ça on n'en voyait pas la fin.

Aujourd'hui était hier, hier était comme avant. Une journée de finie, déjà une semaine de passée, une belle année à venir. Qu'y a-t-il demain à manger ? Le facteur est-il déjà venu ? Qu'as-tu fait toute la journée à la maison ?

Mettre la table, débarrasser la table ; « Chacun a ce qu'il lui faut ? » Ouvrir les rideaux, fermer les rideaux ; allumer la lumière, éteindre la lumière ; « Ne laissez pas toujours la lumière allumée dans la salle de bains » ; plier, déplier ; vider, remplir ; brancher la prise, débrancher la prise. « C'est tout pour aujourd'hui. »

Premier appareil : le fer à repasser électrique ; une merveille « dont on avait toujours eu envie » ; de l'embarras, comme si l'on n'était pas digne d'un tel engin : « Qu'est-ce que j'ai fait pour le mériter ? Mais dès maintenant je vais me faire un plaisir de repasser ! Peut-être aussi que je vais avoir un petit peu plus de temps pour moi ! »

Mixer, cuisinière électrique, réfrigérateur, machine à laver : toujours un peu plus de temps pour soi. Mais on ne faisait que rester les bras ballants, comme glacé, gardant le vertige d'avoir longtemps vécu en perle et fée du logis. On avait dû être si économe aussi avec les sentiments qu'on ne les exprimait guère que par lapsus, et aussitôt on cherchait à les étourdir. L'ancienne joie de vivre de tout le corps ne se manifestait plus que quelquefois, c'était à la main calme et lourde un doigt qui avait un frémissement confus et honteux, et cette main était aussitôt cachée par l'autre.

Ma mère, elle, ne se transformait pas à tout jamais en une chose effacée, privée d'existence. Elle commença à s'affirmer. Comme elle n'avait plus besoin de s'éparpiller, elle revint peu à peu à elle. Le flottement cessa. Elle montra aux gens le visage avec lequel elle se sentait à peu près bien.

Elle lisait les journaux, préférait encore les livres dont elle pouvait comparer les histoires avec sa propre vie. Elle lisait les mêmes livres que moi, Fallada, Knut Hansum, Dostoïevski, Maxime Gorki d'abord, puis Thomas Wolfe et William Faulkner. Ce qu'elle en disait ne mérite pas d'être publié, elle racontait simplement ce qui l'avait beaucoup frappée. « Mais je ne suis pas comme ça », disait-elle parfois, comme si l'auteur l'avait toujours décrite *elle* en personne. Elle lisait chaque livre comme une description de sa propre vie et revivait ; pour la première fois elle se livrait grâce à la lecture ; apprenait à parler *de soi* ; chaque livre l'inspirait un peu plus. J'appris ainsi à la connaître petit à petit.

Auparavant elle s'énervait elle-même, sa propre présence l'incommodait ; la lecture et la parole étaient maintenant pour elle une plongée et elle en émergeait avec un sentiment nouveau de sa valeur. « Cela me redonne une jeunesse. »

Mais elle ne lisait les livres que comme des histoires du passé, jamais comme des rêves d'avenir ; elle y trouvait ce qu'elle n'avait pas connu et ne connaîtrait jamais plus. Elle-même s'était sorti tout avenir de la tête depuis trop longtemps. Ce second printemps n'était donc en réalité qu'une transfiguration de ce qui avait déjà été vécu.

La littérature ne lui apprenait pas à penser dorénavant à elle-même mais lui démontrait qu'il était trop tard pour cela. Elle AURAIT PU jouer un rôle. Et TOUT DE MÊME elle pouvait penser à elle-même peut-être un peu, s'accordait donc un café à l'auberge de temps en temps en faisant ses courses, ne se souciait PLUS TANT de ce que les gens en pensaient.

Elle devint indulgente pour son mari, le laissait s'exprimer ; ne l'arrêtait plus dès la première phrase par ce mouvement de tête trop appuyé qui lui ôtait aussitôt la parole. Elle avait pitié de lui, était souvent désarmée tant elle avait pitié — même quand l'autre ne souffrait pas, qu'on pouvait l'imaginer à proximité d'un objet désignant si bien ce désespoir qu'on subissait soi-même : une cuvette en émail écaillée, un minuscule réchaud électrique noirci par le lait qui débordait sans cesse.

Lorsqu'un membre de la famille était absent, elle n'avait plus de lui que des images de solitude ; loin d'elle et de la maison, il était nécessairement esseulé. Froid, faim, méchancetés : elle était responsable de tout cela. Elle englobait aussi son mari méprisé dans ses sentiments de culpabilité, se tourmentait sincèrement pour lui quand il devait se débrouiller sans elle ; même à l'hôpital où elle alla plusieurs fois, pour un jour, afin de vérifier si elle n'avait pas un cancer, elle avait mauvaise conscience de savoir qu'à la maison son mari ne mangeait sans doute jamais chaud.

Dans sa compassion pour les autres quand ils étaient séparés d'elle, elle-même ne se sentait jamais solitaire ; simplement le sentiment très rapide d'être abandonnée quand il s'accrochait de nouveau à elle ; une aversion incoercible pour son pantalon avachi, ses genoux vacillants. « Je voudrais pouvoir admirer un être humain » ; de toute façon, cela ne signifiait rien de toujours devoir mépriser quelqu'un.

Au simple geste d'invite l'ennui sensible, transformé au cours des années en un mouvement patient pour se redresser, en un regard poliment levé de l'objet dont elle s'occupait à ce moment-là, tout cela courbait encore plus le mari. Elle l'avait toujours traité de LÂCHE. Il faisait souvent l'erreur de lui demander pour quelle raison elle ne pouvait pas le supporter — évidemment elle répondait toujours : « Quelle idée as-tu là ? » Il ne cédait pas et lui demandait encore s'il était vraiment si repoussant et elle le tranquillisait, ne faisait que le blesser un peu plus. Qu'ils vieillissent ensemble ne la touchait pas, c'était apaisant extérieurement parce qu'il perdait l'habitude de la battre et ne cherchait plus à la rabaisser.

Surmené par un travail où on lui

demandait chaque jour les mêmes corvées qui ne menaient à rien, il devenait maladif et inoffensif. Il se réveillait de ses rêvasseries pour une véritable solitude, mais elle ne pouvait y répondre qu'en son absence.

Ils n'avaient pas été séparés par la vie ; jamais ils n'avaient vraiment été ensemble. Cette phrase dans une lettre : « Mon mari est plus calme. » Elle aussi était plus calme auprès de lui, imbue d'elle-même à l'idée que toute la vie elle resterait pour lui un mystère.

Elle s'intéressait aussi à la politique maintenant, ne votait plus pour le parti de son frère que son mari, en employé de ce frère, lui avait recommandé jusqu'à présent, elle votait pour les socialistes ; avec le temps, son mari aussi se mit à voter socialiste, par un besoin de s'appuyer sur elle. Cependant, elle ne crut jamais que la politique pourrait l'aider personnellement. Elle donnait sa voix, comme une faveur, délibérément, sans attendre de contrepartie. « Les socialistes se soucient plus des ouvriers » — mais elle-même ne se sentait pas une ouvrière.

Ce qui la préoccupait de plus en plus à mesure qu'elle n'était plus réduite au ménage ne figurait pas dans ce qu'on lui apprenait du système socialiste. Elle restait seule, avec son dégoût sexuel refoulé dans les rêves, avec les draps humides de brouillard, avec le plafond bas au-dessus de sa tête. Ce qui la concernait vraiment n'était pas politique. C'était là une erreur de jugement, évidemment — mais laquelle ? Et quel était le politicien qui la lui expliquait ? Et avec quels mots ?

Les politiciens vivaient dans un autre monde. Quand on parlait avec eux, ils ne répondaient pas, ils donnaient des prises de position. « On ne peut pas parler de la plupart des choses de toute manière. » L'affaire de la politique, c'était seulement ce dont on pouvait discuter ; pour le reste, il fallait se débrouiller tout seul ou bien s'arranger avec son dieu. De toute façon la sollicitude d'un politicien avait de quoi vous faire reculer. Elle n'était faite que pour vous embobiner.

Plus de « on » peu à peu ; « elle » seulement.

Elle s'habitua à prendre hors de chez elle un air digne, regardait droit devant elle sur le siège avant de la voiture d'occasion que je lui avais achetée. A la maison aussi elle éternuait beaucoup moins bruyamment et riait moins fort.
(A l'enterrement, le plus jeune fils rappela qu'il l'avait souvent entendue de très loin pousser de grands éclats de rire dans la maison.)
Lorsqu'elle faisait ses courses, elle saluait un tel et une telle d'un air plus entendu, allait plus souvent chez le coiffeur, se faisait faire les ongles. Ce n'était plus la dignité préconçue avec laquelle elle avait cherché à supporter les avanies de la période noire d'après guerre — personne ne pouvait plus,

comme à cette époque, la décontenancer d'un seul regard.

Étant à la maison, assise à table dans son attitude rigide nouvelle tandis que le mari, le dos tourné, la chemise sortant du pantalon, les mains enfouies dans les poches, muet, se contentait de toussoter de temps en temps et que son plus jeune fils sur le divan, dans un coin, lisait un album de *Mickey*, les doigts dans le nez, là, elle cognait méchamment du doigt sur la table souvent et soudain mettait les mains sur ses joues. Dans certains cas, le mari pouvait alors sortir, rester devant la porte de la maison où il se raclait la gorge un certain temps, puis rentrer. Elle restait assise de biais, la tête basse, jusqu'à ce que son fils réclame une tartine. Pour se lever, elle devait prendre appui sur ses deux mains.

Un autre de ses fils démolit la voiture en conduisant sans permis et fut arrêté. Il buvait comme son père, elle allait de nouveau d'auberge en auberge. Quel animal ! Elle ne pouvait rien lui dire, mais il est vrai qu'elle disait sans cesse la même chose, elle ne connaissait pas les mots qui auraient pu lui faire de l'effet. « Tu n'as pas honte ? — Mais oui, disait-il. — Cherche au moins une chambre ailleurs. — Mais oui. » Il habitait toujours à la maison, y était le reflet du père, endommagea une autre voiture. Elle lui mit son sac devant la porte, il partit pour l'étranger, elle imagina le pire à son sujet, lui écrivit : « Ta triste mère », il revint aussitôt ; et ainsi de suite. Elle se sentait coupable de tout. Elle s'en affligeait.

Et toujours les mêmes objets qui se présentaient à elle toujours à la même place ! Elle essaya de devenir désordonnée mais les gestes quotidiens avaient déjà acquis trop d'autonomie. Elle se serait bien laissée mourir comme ça mais elle avait peur de mourir. Elle était aussi trop curieuse. « J'ai toujours été obligée d'être forte, moi qui aurais tant aimé être faible. »

Elle n'avait pas de manies, pas de marotte ; ne collectionnait rien, n'échangeait rien ; ne faisait plus de mots croisés. Elle ne classait plus non plus les photos dans l'album depuis longtemps, les mettait simplement de côté.

Elle ne prenait jamais part à la vie publique, une fois par an seulement elle allait donner son sang et portait l'insigne des donneurs de sang sur son manteau. Un jour, on l'interviewa à la radio en tant que cent millième donneuse de sang et elle eut droit à une corbeille de cadeaux.

Elle participait parfois à une partie de boules au nouveau bowling. Elle gloussait, bouche fermée, quand les quilles tombaient toutes et que la sonnerie se déclenchait.

Un jour, des parents de Berlin-Est dédièrent à toute la famille le *Alléluia* de Hændel au cours de l'émission de radio consacrée aux disques classiques à la demande.

Elle avait peur de l'hiver, quand tout le monde se tenait dans la même pièce. Personne ne venait la voir ; dès qu'elle entendait un bruit et levait les yeux, ce n'était une fois de plus que son mari : « Ah, c'est toi ! »

Elle fut prise de violentes migraines. Elle vomissait les comprimés, bientôt les suppositoires ne servirent à rien non plus. Sa tête bourdonnait si fort qu'elle ne la touchait plus que très délicatement du bout des doigts. Le médecin lui donna une piqûre par semaine qui l'insensibilisa un moment. Puis les piqûres non plus ne firent plus d'effet. Le médecin dit qu'elle devait tenir sa tête au chaud. Elle se promenait donc en permanence avec un foulard. En dépit de tous les somnifères, elle se réveillait la plupart du temps peu après minuit, se mettait l'oreiller sur la figure. Les heures passées à attendre le jour la laissaient tremblante pour toute la journée. Ses souffrances lui faisaient voir des fantômes.

Son mari était entré dans une clinique pour tuberculose pulmonaire ; dans des lettres tendres il lui demandait de pouvoir à nouveau dormir auprès d'elle. Elle répondait gentiment.

Le médecin ne savait pas ce qui n'allait pas chez elle : les malaises féminins habituels ? La ménopause ?

Dans son épuisement elle tendait le bras à côté des objets, les mains lui glissaient du corps. Elle s'étendait un petit peu sur le divan de la cuisine après la vaisselle, l'après-midi, il faisait trop froid dans la chambre. La migraine était si violente parfois qu'elle ne reconnaissait personne. Elle ne voulait plus rien voir. Comme cela bourdonnait dans sa tête, il fallait aussi lui parler très fort. Elle perdait toute sensation de son corps, se cognait aux rebords, manquait des marches. Rire lui faisait mal, elle grimaçait seulement quelquefois. Le médecin disait qu'un nerf était probablement coincé. Elle ne parlait qu'à voix basse, était si mal en point qu'elle ne pouvait même plus gémir. Elle inclinait la tête sur son épaule mais la douleur l'y poursuivait.

« Je n'ai plus rien d'un être humain. »

Lorsque j'étais chez elle l'été dernier, je la trouvai un jour couchée sur son lit avec une expression si désolée que je n'osai aller plus près d'elle. Comme dans un zoo, l'état d'abandon de l'animal s'était fait chair. C'était un supplice de voir avec quelle impudeur elle s'était retournée à l'air; tout en elle était déboîté, fracturé, ouvert, enflammé, une occlusion intestinale. Et elle regardait vers moi de loin, à son regard j'aurais pu être son CŒUR ÉCORCHÉ, comme, dans la nouvelle de Kafka, Karl Rossmann pour le chauffeur que tous les autres humiliaient. Terrifié et exaspéré, j'ai aussitôt quitté la pièce.

C'est depuis ce moment seulement que j'eus pour ma mère une véritable attention. Je l'avais sans cesse oubliée jusqu'alors, je pouvais peut-être sentir une douleur brève parfois en pensant à la stupidité de sa vie. Maintenant, elle s'imposait réellement à moi, elle devenait charnelle et vivante, et son état était d'une matérialité si immédiate que bien souvent j'y prenais entièrement part.

Et autour d'elle aussi les gens la considéraient tout à coup avec d'autres yeux : on aurait dit qu'elle avait été désignée pour illustrer leur propre vie. Ils s'inquiétaient bien du pourquoi et du comment mais au niveau des apparences ; et ils la comprenaient à ce niveau.

Elle perdit toute sensation, ne se souvenait plus de rien, ne reconnaissait même plus les objets utilitaires habituels. Lorsque son plus jeune fils rentrait de l'école, de plus en plus souvent, il trouvait sur la table un petit mot disant qu'elle était allée se promener ; qu'il se fasse des tartines ou aille manger chez la voisine. Ces billets qu'elle détachait d'un carnet à souche s'amoncelaient dans le tiroir.

Elle ne pouvait plus jouer à la ménagère. A la maison, elle se réveillait déjà avec un corps blessé. Elle laissait tout tomber par terre, aurait bien suivi chaque objet dans sa chute.

Les portes se plaçaient sur son chemin, la moisissure semblait pleuvoir des murs sur son passage.

Elle ne comprenait plus rien devant

la télévision. Elle n'arrêtait pas de remuer la main pour ne pas s'endormir.

Elle s'oubliait parfois lorsqu'elle se promenait. Elle était assise à la lisière de la forêt, le plus loin possible des maisons, ou au bord d'un ruisseau, au bas d'une scierie abandonnée. La vision des champs de blé ou de l'eau n'était pas un calmant mais au moins elle insensibilisait par moments. Tandis que vision et sentiments se mêlaient, chaque image devenant aussitôt un tourment qui la poussait à regarder ailleurs, l'image suivante prolongeant ce tourment, se créaient ainsi des points morts où le manège infernal du monde extérieur lui laissait fugitivement un peu de repos. En ces instants, elle n'était que fatiguée, se remettait du tourbillon, s'absorbait sans penser à rien dans la contemplation de l'eau.

Et de nouveau tout en elle contrariait le monde extérieur, elle pouvait se débattre dans la panique, mais elle n'était plus capable de se retenir et était chassée du repos. Elle devait se lever et aller plus loin.

Elle me disait comment l'épouvante l'étouffait encore en marchant ; c'était pourquoi elle ne pouvait marcher que très lentement.

Elle marchait, marchait, enfin elle devait s'asseoir parce qu'elle était épuisée. Et elle devait bientôt se lever et marcher encore.

Elle laissait ainsi le temps fuir et souvent ne s'apercevait pas de la tombée de la nuit. Elle était aveugle dans le noir et avait bien du mal à retrouver son chemin. Devant la maison, elle s'arrêtait, s'asseyait sur un banc, n'osait pas rentrer.

Quand elle se décidait à rentrer, la porte s'ouvrait très lentement, la mère apparaissait comme un fantôme, les yeux écarquillés.

Mais le jour aussi elle errait à l'aventure la plupart du temps, confondait les portes et les endroits. Souvent elle ne pouvait pas s'expliquer comment elle était arrivée à tel endroit ni comment le temps avait passé. Elle n'avait plus aucune sensation du temps ni du lieu.

Elle ne voulait plus voir personne,

pouvait peut-être aller s'asseoir à l'auberge parmi les passagers des cars de touristes qui étaient trop pressés pour la regarder en face. Elle ne pouvait plus se déguiser ; avait tout dépouillé. On la regardait et on savait.

Elle craignait de perdre la raison. Vite, avant qu'il soit trop tard, elle écrivit quelques lettres pour pouvoir dire adieu.

Les lettres étaient aussi pressantes que si elle avait voulu se graver dans le papier. En ce temps-là, écrire n'était plus pour elle une tâche étrangère comme pour tous ceux qui avaient les mêmes conditions de vie, mais une respiration indépendante de sa volonté. Cependant, on ne pouvait pratiquement plus parler de rien avec elle ; chaque parole lui rappelait toujours quelque chose d'effrayant, elle perdait aussitôt son calme. « Je ne peux pas parler. Ne me fais pas souffrir. » Elle se détournait, se détournait encore, se détournait toujours, enfin elle dérobait son visage. Et il lui fallait fermer les yeux, des larmes silencieuses coulaient inutilement de ce visage invisible.

Elle alla consulter un neurologue à la capitale. Elle put parler devant lui, c'était le bon médecin pour elle. Elle était elle-même étonnée de lui raconter tant de choses. C'est en parlant qu'elle commença à se souvenir vraiment. Le médecin hocha la tête à chacune de ses paroles, discerna sur-le-champ un symptôme dans chaque particularité et les classa dans un système grâce à un surnom — « dépression nerveuse » —, et cela la rassura. Il savait ce qu'elle avait ; il pouvait du moins qualifier ses états. Elle n'était pas la seule ; d'autres aussi attendaient dans l'antichambre.

La deuxième fois elle put encore s'amuser à observer ces gens. Le médecin lui conseilla de faire beaucoup de promenades en plein air. Il lui prescrivit un médicament qui relâcha un petit peu l'étau autour de sa tête. Un voyage lui changerait les idées. Elle payait toujours le médecin en argent liquide parce que la Caisse d'assurance maladie ne prévoyait pas ce genre de dépenses pour ses adhérents. En même temps, cela la déprimait de coûter de l'argent.

Parfois elle cherchait désespérément le mot pour une chose. Elle le connaissait en général, elle voulait simplement que les autres s'intéressent ainsi à elle. Elle regrettait la brève période durant laquelle elle ne reconnaissait vraiment plus personne et ne se souvenait plus de rien.

Elle cherchait à exploiter le fait qu'elle avait été malade ; ne faisait plus que jouer à la malade. Elle feignait d'avoir des idées confuses afin de se protéger des idées enfin claires ; car lorsque sa tête s'éclairait, elle ne se voyait plus que comme un cas unique et se fermait à la consolation d'entrer dans une catégorie. En exagérant distraction et absence alors qu'elle se souvenait parfaitement ou avait saisi le sens exact de tout, elle voulait être encouragée. Ça va ! ça va beaucoup mieux ! comme si toute l'abomination venait de ce qu'elle se rongeait d'avoir perdu la mémoire et de ne plus pouvoir discuter de rien.

Elle ne supportait pas qu'on fasse des plaisanteries sur elle. La taquiner sur son état ne lui servait à rien. ELLE PRENAIT TOUT A LA LETTRE. Elle fondait en larmes lorsque quelqu'un cherchait exprès à blaguer.

En plein été, elle partit en Yougoslavie pour quatre semaines. Les premiers temps, elle restait dans sa chambre d'hôtel plongée dans l'ombre et se palpait la tête. Elle ne pouvait rien lire parce que ses propres idées s'interposaient aussitôt. Sans cesse elle allait dans la salle de bains et se lavait. Puis elle osa au moins sortir et barbota un peu dans la mer. Pour la première fois, elle connaissait les vacances, et pour la première fois, le bord de mer. La mer lui plaisait, il y avait souvent de la tempête la nuit, rester éveillée n'avait plus d'importance. Elle acheta un chapeau de paille à cause du soleil et le revendit le jour de son départ. Tous les après-midi elle s'asseyait au bar et buvait un espresso. Elle écrivit des cartes et des lettres à toutes ses connaissances et elle n'y parlait d'elle-même que parmi d'autres choses.

Elle retrouva le sens de l'heure et du milieu. Elle écoutait avec curiosité les conversations aux tables voisines, essayait de deviner quels étaient les rapports des gens entre eux.

Le soir, quand il faisait déjà moins chaud, elle allait dans les villages des environs et regardait à l'intérieur des maisons sans porte. Elle s'étonnait objectivement; car jamais encore elle n'avait vu de pauvreté aussi viscérale. Les migraines cessaient. Elle n'avait plus à penser à rien, était momentanément hors du monde. Elle éprouvait un agréable ennui.

Quand elle revint, cela faisait longtemps qu'à nouveau elle parlait sans être questionnée. Elle racontait beaucoup de choses. Elle acceptait que je l'accompagne dans ses promenades.

Nous allions souvent dîner à l'auberge, elle prit l'habitude de boire un Campari avant. Porter la main à sa tête n'était pratiquement plus qu'un tic. Elle rappelait qu'un an plus tôt un homme avait pu encore l'aborder dans un café. « Mais il était très poli ! » Elle voulait aller vers le nord l'été suivant, il n'y faisait pas trop chaud.

Elle flânait, s'installait au jardin avec de vieilles amies, fumait et écartait les guêpes de son café avec indolence.

Le temps était ensoleillé et doux. Toute la journée, les forêts de sapins sur les collines des alentours étaient recouvertes de voiles de brouillard, pendant quelque temps elles ne paraissaient plus si sombres. Elle faisait des conserves de fruits et de légumes pour l'hiver, songeait à prendre chez elle un enfant de l'Assistance.

Je menais déjà une vie trop indépendante. Je repartis pour l'Allemagne au milieu du mois d'août et l'abandonnai à elle-même. Les mois suivants, je travaillai à une histoire, ma mère donnait de ses nouvelles de temps en temps.

« J'ai les idées un peu confuses, certains jours sont durs à supporter. »

« C'est triste et froid ici, il y a beaucoup de brouillard le matin. Je dors longtemps et lorsque je me sors du lit, je n'ai aucune envie de me mettre à quoi que ce soit. Il n'est plus question non plus d'avoir un enfant de l'Assistance. Mon mari étant tuberculeux, on ne m'en donnera pas. »

« Une barrière tombe devant toute pensée agréable, je me retrouve seule avec mes pensées paralysantes. J'aimerais tant écrire des choses plus jolies mais il n'y en a pas. Mon mari a passé cinq jours ici, nous n'avions rien à nous dire. Dès que j'engage une conversation, il ne comprend pas ce que je veux dire, je préfère encore ne pas parler. Et j'ai quand même pu être un peu contente de le voir — mais, quand il est là, je ne peux pas le regarder. Bien sûr, il faudrait que je trouve moi-même une façon de rendre cette situation un peu supportable, j'y réfléchis sans cesse d'ailleurs, il ne me vient rien de bon à l'esprit. Je te conseille de lire ce torchon et de l'oublier aussi vite. »

« Je ne peux pas tenir à la maison, alors je traîne un peu n'importe où dans le coin. Maintenant je me lève un peu plus tôt, c'est l'heure la plus difficile pour moi, je dois me forcer à faire quelque chose pour ne pas retourner au lit. Je ne sais plus comment occuper mon temps maintenant. Il y a une grande solitude en moi, je ne veux parler à personne. J'ai souvent envie de boire quelque chose le soir mais je ne dois pas, le médicament ne servirait plus à rien. Je suis allée à Klagenfurt hier, j'ai flâné et traîné toute la journée, et le soir j'ai tout juste attrapé le dernier omnibus. »

En octobre, elle n'écrivait plus du tout. On la rencontrait dans la rue lorsque les journées d'automne étaient belles, elle y avançait à pas très lents ; et on l'encourageait à marcher tout de même un peu plus vite. Elle demandait à tous ceux qu'elle connaissait de bien vouloir lui tenir compagnie à l'auberge pour boire un café. Elle était aussi invitée à toutes sortes d'excursions le dimanche, se laissait emmener partout. Elle suivait les autres aux dernières kermesses de l'année. Parfois même elle les accompagnait aux matchs de football. Elle était là, l'air indulgent, parmi les spectateurs qui se passionnaient pour la partie, ne desserrait pratiquement pas les dents. Mais lorsque, au cours d'une tournée électorale, le chancelier fédéral s'arrêta dans le village et distribua des œillets, elle se mit en avant tout à coup avec aplomb et réclama aussi un œillet : « Vous ne m'en donnez pas à moi ? — Excusez-moi, chère madame ! »

Début novembre, elle écrivait de nouveau. « Je ne suis pas assez persévérante pour aller au bout de mes idées, ma tête me fait mal. Ça vibre et ça siffle parfois si fort là-dedans que je ne peux pas supporter d'autre bruit. »

« Je me parle à moi-même parce que sinon je ne peux plus rien dire à personne. Parfois j'ai l'impression d'être une machine. Je partirais bien n'importe où, mais dès qu'il commence à faire sombre, j'ai peur de ne plus retrouver mon chemin. Il y a une masse de brouillard le matin, et tout est très calme. Je fais chaque jour les mêmes travaux, et je retrouve le désordre le matin. C'est un cercle vicieux sans fin. J'aimerais vraiment être morte, quand je marche dans la rue, j'ai envie de me laisser tomber quand une voiture passe à toute vitesse. Mais est-ce que ça marche à cent pour cent ? »

« Hier, j'ai vu à la télévision un Dostoïevski, *La Douce*, toute la nuit, j'ai vu des choses absolument horribles, je n'étais pas en train de rêver, je les voyais vraiment, des hommes se promenaient nus et c'étaient des boyaux qui pendaient à la place de leurs organes sexuels. Mon mari revient le 1er décembre. Chaque jour me rend plus agitée et je ne m'imagine pas comment cela va être encore possible de vivre avec lui. Chacun regarde dans une direction différente, la solitude grandit un peu plus. J'ai très froid et je vais aller traîner encore un peu. »

Souvent elle se claquemurait à la maison. Quand les gens, comme d'habitude, geignaient devant elle, elle leur coupait la parole. Elle était très dure avec tous, avait un geste de mépris, un rire bref et moqueur. Les autres n'étaient plus que des enfants qui la dérangeaient et pouvaient peut-être l'émouvoir un tout petit peu.

Elle devenait facilement désagréable. Elle vous envoyait promener sans ménagement, on se faisait d'ailleurs l'effet d'être hypocrite en sa présence.

Elle ne savait plus prendre une expression pour les photographies. Elle fronçait bien le sourcil et plissait les joues pour un sourire mais les yeux regardaient avec des pupilles qui glissaient du centre de l'iris, dans une tristesse incurable.

Le seul fait de vivre devenait une torture.

Mais la mort l'épouvantait autant.

« Faites des promenades dans la forêt ! » (le *médecin des âmes*).

« C'est qu'il fait sombre dans la

forêt ! » disait, sarcastique, le médecin des *bêtes,* son confident parfois.

Le brouillard persistait jour et nuit. Le midi, elle faisait un essai pour éteindre la lumière, rallumait aussitôt. Où porter les regards ? Croiser les bras l'un sur l'autre et poser les mains sur les épaules. De temps en temps, d'invisibles scies mécaniques, un coq qui croyait toute la journée que le jour venait de se lever et chantait encore l'après-midi, — et déjà la sirène de la sortie du travail.

Pendant la nuit, le brouillard venait rouler sur les fenêtres. Elle entendait à intervalles irréguliers la goutte qui, une fois de plus, coulait dehors le long de la vitre. Toute la nuit, le matelas électrique chauffait sous le drap. Le matin, le feu s'éteignait sans cesse dans le fourneau. « Je ne vais plus jamais me dominer. » Elle n'arrivait plus à fermer les yeux. Dans sa conscience se produisit le GRAND VIDE (Franz Grillpazer).

(A partir de maintenant, je dois veiller à ce que l'histoire ne se raconte pas trop d'elle-même.)

Elle écrivit des lettres d'adieu à tous ses proches. Non seulement elle savait ce qu'elle faisait mais aussi pourquoi elle n'avait plus rien d'autre à faire. « Tu ne comprendras pas, écrivit-elle à son mari. Mais il n'est plus question de vivre. » A moi, elle m'envoya une lettre recommandée avec un double de testament, et en exprès. « J'ai commencé plusieurs fois à écrire mais je n'éprouvais aucune consolation, aucun réconfort. » Sur toutes ses lettres elle n'indiquait pas seulement la date, comme de coutume, mais aussi le jour de la semaine : jeudi 18.11.71.

Le lendemain, elle prit l'omnibus pour aller au chef-lieu de canton et se procura environ cent comprimés de somnifères grâce à l'ordonnance renouvelable que lui avait délivrée le médecin de famille. Il ne pleuvait pas et pourtant elle s'acheta aussi un parapluie rouge avec un beau manche un peu contourné.

En fin d'après-midi, elle prit pour rentrer un omnibus qui est presque vide en général. Quelques personnes l'aperçurent encore. Elle rentra et dîna le soir dans la maison voisine où habitait sa fille. Rien d'inhabituel : « Nous avons même plaisanté. »

Chez elle ensuite elle s'installa devant la télévision avec son benjamin. Ils regardèrent un film de la série « Quand le père et le fils ».

Elle envoya le petit se coucher et resta assise devant le poste allumé. La veille encore elle était allée chez le coiffeur et s'était fait faire les ongles. Elle éteignit le poste de télévision, alla dans la chambre et suspendit à l'armoire un tailleur brun. Elle prit tous les somnifères, y mélangea ses différents anti-dépressifs. Elle mit son slip périodique, elle y plaça aussi des serviettes, mit encore deux autres slips, se noua un foulard autour du menton et, sans brancher le matelas chauffant, se coucha dans une chemise de nuit qui lui descendait jusqu'aux pieds. Elle s'étendit de tout son long et posa ses mains l'une sur l'autre. Dans la lettre qui à part cela ne contenait que des instructions pour ses obsèques, elle me dit en conclusion qu'elle était très calme et heureuse de s'endormir enfin en paix. Mais je suis certain que c'est faux.

Le lendemain soir, ayant reçu la nouvelle de sa mort, je pris l'avion pour l'Autriche. L'avion avait peu de passagers, vol régulier, paisible, ciel clair sans brouillard, lumières des villes successives tout en bas. Tout en lisant le journal, en buvant de la bière, en regardant par le hublot, je m'effaçai peu à peu dans un sentiment de bien-être las, impersonnel. Oui, pensais-je sans cesse, et en moi-même je me répétais chacune de mes pensées scrupuleusement : C'ÉTAIT DONC CELA. C'ÉTAIT DONC CELA. C'ÉTAIT DONC CELA. TRÈS BIEN. TRÈS BIEN. TRÈS BIEN. Et pendant tout le vol j'étais gonflé d'orgueil à l'idée qu'elle avait commis un suicide. Puis l'avion se prépara à atterrir, les lumières grandirent de plus en plus. Perdu dans une euphorie inconsistante contre laquelle je ne pouvais plus lutter, je me déplaçai dans l'aérogare presque déserte. En poursuivant mon voyage par le train le lendemain matin, j'écoutai une femme parler, elle donnait des cours de chant aux Petits Chanteurs de Vienne. Elle expliquait à son compagnon que, même lorsqu'ils étaient devenus adultes, les Petits Chanteurs manquaient toujours d'indépendance. Elle avait un fils qui faisait aussi partie des Petits Chanteurs. Au cours d'une tournée en Amérique du Sud il avait été le seul à avoir assez d'argent de poche, il en avait même rapporté. Lui au moins promettait d'être raisonnable.

On vint me chercher en voiture à la gare. Il avait neigé pendant la nuit, les nuages avaient disparu, le soleil brillait, il faisait froid, un brouillard de givre scintillant planait. Quelle contradiction, ce paysage joliment civilisé, ce temps qui faisait que le paysage semblait appartenir à l'espace bleu et immuable au-dessus de lui si bien qu'on ne pouvait plus s'imaginer le moindre bouleversement, et avancer au milieu de tout cela vers la maison mortuaire où le cadavre pourrissait peut-être déjà ! Je ne trouvai jusqu'à l'arrivée aucun point d'appui, aucun présage, si bien que le corps mort dans la chambre glacée me prit encore à l'improviste.

De nombreuses femmes du voisinage étaient assises l'une à côté de l'autre sur les chaises placées en rangs, elles buvaient le vin qu'on leur offrait. Je devinais qu'au spectacle de la morte elles commençaient peu à peu à penser à elles-mêmes.

Le matin du jour de l'enterrement je fus longtemps seul dans la chambre avec le corps. Mon sentiment personnel concordait tout à coup avec l'usage répandu de veiller les morts. Même ce corps mort me semblait effroyablement abandonné et avide d'amour. Puis de nouveau je m'ennuyai, je regardai la pendule. J'avais projeté de rester au moins une heure auprès d'elle. La peau était toute fripée sous les yeux, il y avait encore un peu partout sur le visage les gouttes d'eau bénite dont on l'avait aspergée. Le ventre était un peu enflé à cause des comprimés. Je comparai les mains sur sa poitrine avec un point fixe très lointain pour voir si elle ne respirait pas malgré tout. Il n'y avait plus de petit sillon entre la lèvre supérieure et le nez. Le visage était devenu très masculin. Parfois, l'ayant observée longuement, je ne savais plus que penser. Puis l'ennui devint le plus fort, j'étais auprès du corps et je pensais à autre chose. Mais quand l'heure fut écoulée, je ne voulus pas partir malgré tout et restai près d'elle dans la chambre au-delà du délai.

On la photographia. Sous quel angle était-elle la plus belle ? « Le bon profil de la morte. »

Le rituel des obsèques la dépersonnalisa définitivement et soulagea tout le monde. Sous la neige qui tombait dru nous suivîmes la dépouille mortelle. Il suffisait d'introduire son nom dans les formules religieuses : « Notre sœur en Dieu... » Bougie sur les manteaux, enlevée ensuite avec un fer à repasser.

Il neigeait si fort qu'on ne s'y accoutumait pas et qu'on regardait sans cesse vers le ciel pour voir si cela ne se calmait pas. Les bougies l'une après l'autre s'éteignirent et on ne les ralluma pas. Il me vint à l'esprit que bien souvent on disait que quelqu'un avait attrapé au cours d'un enterrement la maladie qui le tuerait.

Derrière le mur du cimetière c'était aussitôt la forêt. Une forêt de sapins sur une colline assez escarpée. Les arbres étaient si rapprochés qu'on ne voyait déjà plus que les hautes branches de la seconde rangée, puis des cimes succédant à des cimes. Le vent s'engouffrait sans cesse entre les lambeaux de neige, mais les arbres ne remuaient pas. Promener son regard de la tombe, dont les gens s'éloignaient vite, aux arbres immobiles : pour la première fois la nature m'apparaissait vraiment impitoyable. Les faits étaient ce qu'ils étaient ! La forêt en elle-même parlait. Rien ne comptait en dehors de ces innombrables cimes d'arbres ; devant elles un grouillement épisodique de silhouettes qui sortaient de plus en plus du tableau. J'eus l'impression d'être bafoué et me sentis abandonné. J'eus tout à coup dans ma rage impuissante le besoin d'écrire quelque chose sur ma mère.

Dans la maison de ma mère ensuite, je montai l'escalier le soir. Soudain je sautai d'un bond plusieurs marches. En même temps je gloussai puérilement, avec une voix étrangère, comme si je devenais ventriloque. Je courus pour les dernières marches. En haut, je me frappai du poing la poitrine avec exaltation et m'étreignis. Et lentement, conscient de ma valeur comme quelqu'un qui a un secret unique, je redescendis l'escalier.

Il n'est pas vrai qu'écrire m'ait été utile. Les semaines durant lesquelles je me suis préoccupé de cette histoire, l'histoire aussi n'a cessé de me préoccuper. Écrire n'était pas, comme je le croyais bien au début, me souvenir d'une période close de ma vie, ce n'était constamment que prendre cette attitude dans des phrases dont la distance n'était qu'arbitraire. Parfois encore je me réveille en sursaut la nuit, comme chassé du sommeil par une très légère poussée de l'intérieur, et retenant mon souffle, je me sens réellement me putréfier d'horreur de seconde en seconde. L'air dans la pénombre est si immobile que toutes les choses me semblent en perte d'équilibre et arrachées à leur soutien. Elles peuvent rôder un tout petit peu sans bruit, privées de centre de gravité, elles vont bientôt tomber définitivement de partout et m'étouffer. Dans ces assauts d'angoisse on devient magnétique comme une carcasse pourrissante, et ce n'est pas comme dans le plaisir neutre où tous les sentiments sont libres de se combiner, cette fois l'épouvante neutre, objective, vous assaille en tyran.

La description n'est évidemment qu'une manifestation du souvenir ; mais elle n'exclut rien non plus pour la fois suivante, ce n'est que des états d'angoisse qu'elle tire un petit attrait grâce à sa tentative d'approche par les formulations les plus appropriées, elle crée une tendance au souvenir à partir de la tendance à l'effroi.

Dans la journée j'ai souvent le sentiment d'être observé. J'ouvre les portes, vais voir. Je commence par ressentir chaque bruit comme une attaque contre moi.

Mais parfois, en travaillant à cette histoire, j'en ai eu assez de tant de franchise et d'honnêteté et j'ai éprouvé le désir d'écrire bientôt quelque chose qui me permettrait de mentir un petit peu et de me déguiser, une pièce de théâtre par exemple.

Un jour, le couteau m'a glissé des mains en coupant le pain, il m'est revenu aussitôt à l'esprit qu'elle coupait des petits morceaux de pain dans le lait chaud des enfants le matin.

Souvent, en passant devant les enfants, elle leur nettoyait vite le nez ou les oreilles avec sa salive. Je sursautais toujours, l'odeur de la salive m'était désagréable.

Faisant partie d'un groupe en promenade dans la montagne, elle voulut à un moment s'écarter pour satisfaire un besoin. J'eus honte d'elle et pleurai, alors elle se retint.

A l'hôpital, elle était toujours avec beaucoup d'autres dans de grandes salles. Oui, cela existe encore ! Là-bas, un jour, elle me pressa longuement la main.

Quand tous étaient servis et avaient fini de manger, elle avalait toujours les croûtes de pain en minaudant.

(Ce sont des anecdotes évidemment. Mais des développements scientifiques seraient tout aussi anecdotiques dans ce contexte. Les expressions sont toutes trop douces.)

La bouteille de liqueur jaune dans le buffet !

Le souvenir douloureux de ses gestes quotidiens, à la cuisine surtout.

En colère, elle ne battait pas les

enfants, elle pouvait peut-être leur moucher le nez violemment.

Angoisse mortelle quand on se réveille la nuit et que la lumière brille dans le couloir.

Il y a quelques années, j'avais le projet de tourner avec tous les membres de ma famille un film d'aventure qui n'aurait eu aucun rapport avec eux personnellement.

Petite, elle était somnambule.

Le jour *de la semaine* correspondant à celui de sa mort, ses affres devenaient particulièrement vivantes pour moi les premiers temps. Le crépuscule commençait à tomber avec la douleur et c'était la nuit du vendredi. L'éclairage jaune des rues du village dans le brouillard nocturne ; neige sale et odeurs de

canal ; bras croisés devant la télévision ;
la dernière chasse d'eau, deux fois.

J'ai souvent senti en écrivant cette histoire qu'il serait plus conforme aux faits d'écrire de la musique. Sweet New England...

« Il existe peut-être des formes de désespoir nouvelles, insoupçonnées, que nous ne connaissons pas », disait un instituteur de village dans un film policier de la série « Le commissaire ».

Dans tous les juke-boxes de la région il y avait un disque dont le titre était POLKA DU SPLEEN.

Le printemps qui s'annonce, mares de boue, vent chaud et arbres débarrassés de la neige, bien loin de la machine à écrire.

« Elle a emporté son secret dans la tombe ! »

Elle put avoir un second visage dans un rêve, mais ce visage était déjà assez usé.

Elle était bonne.

Et cette fois quelque chose de très réconfortant : j'ai rêvé que je ne voyais que des choses dont la vue causait une douleur insupportable. Tout à coup quelqu'un venait et leur retirait tout simplement ce qu'elles avaient de douloureux, comme on retire UNE ATTAQUE QUI N'A PLUS D'OBJET. La comparaison aussi était rêvée.

Un jour d'été, j'étais dans la chambre de mon grand-père et je regardais par la fenêtre. Il n'y avait pas grand-chose à voir : un chemin traversait le village et menait à un bâtiment peint en jaune foncé (« Schönbrunn »), une ancienne auberge, là il tournait. C'était un DIMANCHE APRÈS-MIDI, le chemin était VIDE. J'eus tout à coup un sentiment très fort pour l'occupant de cette chambre, il mourrait bientôt. Mais ce sentiment était adouci du fait que je savais que sa mort serait une mort naturelle.

L'horreur répond aux lois de la nature ; l'horror vacui dans la conscience. La représentation vient de se former et remarque soudain qu'il n'y a plus rien à représenter. Alors elle tombe comme un personnage de dessin animé qui s'aperçoit qu'il ne marche depuis le début que sur de l'air.

Plus tard j'écrirai sur tout cela en étant plus précis.

Écrit en janvier / février 1972.

DU MÊME AUTEUR

Aux Éditions Gallimard

LE COLPORTEUR (traduction de Gabrielle Wittkop-Ménardeau), « Folio », *n° 2438.*

L'ANGOISSE DU GARDIEN DE BUT AU MOMENT DU PENALTY (traduction d'Anne Gaudu, Folio », *n° 1407.*

LE MALHEUR INDIFFÉRENT (traduction d'Anne Gaudu), « Folio », *n° 976.*

LA COURTE LETTRE POUR UN LONG ADIEU (traduction de Georges-Arthur Goldschmidt), « Folio », *n° 1716.*

L'HEURE DE LA SENSATION VRAIE (traduction de Georges-Arthur Goldschmidt), « Folio », *n° 1938.*

LA FEMME GAUCHÈRE (traduction de Georges-Arthur Goldschmidt), « Folio », *n° 1192.*

LE POIDS DU MONDE, *un journal, novembre 1975-mars 1977* (traduction de Georges-Arthur Goldschmidt).

LENT RETOUR (traduction de Georges-Arthur Goldschmidt).

LES FRELONS (traduction de Marc B. de Launay).

PAR LES VILLAGES, *théâtre* (traduction de Georges-Arthur Goldschmidt).

HISTOIRE D'ENFANT (traduction de Georges-Arthur Goldschmidt), « Folio », *n° 2122* et « Folio Bilingue », *n° 98*

LA LEÇON DE LA SAINTE-VICTOIRE (traduction de Georges-Arthur Goldschmidt), « Folio bilingue », *n° 18.*

LE CHINOIS DE LA DOULEUR (traduction de Georges-Arthur Goldschmidt).

L'HISTOIRE DU CRAYON (traduction de Georges-Arthur Goldschmidt).

POÈME À LA DURÉE (traduction de Georges-Arthur Goldschmidt).

APRÈS-MIDI D'UN ÉCRIVAIN (traduction de Georges-Arthur Goldschmidt).

L'ABSENCE (traduction de Georges-Arthur Goldschmidt), « Folio », n° 2482.

ESSAI SUR LA FATIGUE-ESSAI SUR LE JUKE-BOX-ESSAI SUR LA JOURNÉE RÉUSSIE. *Un Songe de jour d'hiver* (traductions de Georges-Arthur Goldschmidt), « Folio », n° 3138.

VOYAGE AU PAYS SONORE OU L'ART DE LA QUESTION (texte français de Bruno Bayen).

UN VOYAGE HIVERNAL VERS LE DANUBE, LA SAVE, LA MORAVA ET LA DRINA (traduction de Georges Lorfèvre).

MON ANNÉE DANS LA BAIE DE PERSONNE (traduction de Claude-Eusèbe Porcell), « Folio », n° 3172.

PAR UNE NUIT OBSCURE JE SORTIS DE MA MAISON TRANQUILLE (traduction de Georges-Arthur Goldschmidt), « Folio », n° 3558.

« POURQUOI LA CUISINE ? » Textes écrits pour le spectacle « La cuisine » de Mladen Materíc.

LUCIE DANS LA FORÊT AVEC LES TRUCS-MACHINS/LUCIE IM WALD MIT DEN DINGSDA (traduction de Georges-Arthur Goldschmidt), « Folio bilingue » n° 106.

LA PERTE DE L'IMAGE OU PAR LA SIERRA DE GREDOS (traduction d'Olivier Le Lay).

DON JUAN (raconté par lui-même) (traduction de Georges-Arthur Goldschmidt).

Aux Éditions Christian Bourgois

BIENVENUE AU CONSEIL D'ADMINISTRATION (traduction de Georges-Arthur Goldschmidt), « Folio », n° 3050.

LE NON-SENS ET LE BONHEUR (traduction de Georges-Arthur Goldschmidt).

CHRONIQUE DES ÉVÈNEMENTS COURANTS (traduction de Georges-Arthur Goldschmidt).

FAUX MOUVEMENTS (traduction de Georges-Arthur Goldschmidt).

IMAGES DU RECOMMENCEMENT (traduction de Georges-Arthur Goldschmidt).

Aux Éditions de l'Arche
Théâtre

OUTRAGES AU PUBLIC ET AUTRES PIÈCES PARLÉES (texte français de Jean Sigrid).

GASPARD (texte français de Thierry Garrel et Vania Vilers).

LA CHEVAUCHÉE SUR LE LAC DE CONSTANCE (texte français de Marie-Louise Audiberti).

LES GENS DÉRAISONNABLES SONT EN VOIE DE DISPARITION (texte français de Georges-Arthur Goldschmidt).

Chez d'autres éditeurs

AUTOUR DU GRAND TRIBUNAL (traduction de Jean-Claude Capèle) Fayard.

LE VOYAGE EN PIROGUE OU LA PIÈCE SUR LE FILM DE LA GUERRE, Éditions Complexe.

*Impression Novoprint
à Barcelone, le 14 octobre 2019
Dépôt légal : octobre 2019
1ᵉʳ dépôt légal dans la collection : septembre 1977*

ISBN 978-2-07-036976-5./Imprimé en Espagne.

364312